一例としてそこにかけがえなく現われた鳥は、
葉の下を啄みながらみずからの
主力となって、
いまも隙間なくうごくなぜ白い鳥なのだろう。

現代詩文庫　213

思潮社

貞久秀紀詩集・目次

詩集〈空気集め〉全篇

詩集〈明示と暗示〉全篇

散文

作品論・詩人論

装幀・菊地信義

詩篇

詩集〈ここからここへ〉から

ビッグ・バン

折りたたみ式のひとに会う。
おや久しぶりで、と立ち話をするうちに
折りたたまれてちいさくなって消えてしまう。
世界がわっと立体になる。

緑からの送信

うすみどりの複雑な図案に迷いこみました
わたしたちはなにか大きなものの中をなぞっています
あるいはなにか大きなものがわたしたちを？
草木のことばは縮小されて
いちまいの
方形の夢として売られます
等高線のしわをのばしながら世界を丹念にほどいて下さい
じゅうぶん開くと山山や町や
野のあいだから
うすみどりの複雑な図案がひろがります
そこでお待ちしております

では、

たんぽぽ

やわらかい草にいるわたし
やわらかい草にいるあなた
ひなたぼっこをしています

ふたりをこころにうつしてみる
かたわらにはえている
たんぽぽの位置から

方向

やあ、と手をあげたままの形で会話している。
じゃ、と手をあげてすでに別れているように。

山

なつかしい　一本の
木をゆすると
山ひとつゆれる

という仕組みの
ひととして　一つの
山をゆすっていた

すると芽ぶいてゆく
季節に　やさしく
ゆすられているのは
こちらのほうだった
そういう　山の
仕組みとして

ルネサンスの停電

それから
ぱっと灯が点り
（明るくなると
どうにも滑稽な）
ひとりの体位を
ほどいてみるのだった

街に山おくをつくる

ひとの耳なりがもれてくる
しずかなオフィスだから
「いや、わたしの音かな」
とみんなは目をつむりはじめる

(するとあなたや
わたしを過ぎて
山おくにつうじていた)

といってもこれはふたりしかいない
とある設計事務所の
街に山おくをつくろうとしていた
しずかな人事

ある書店主の夢

『ちみつに考えてちみつになる会』と申します。
あなたも入会なさいませんか。
つねに勉強会をいたしております。
お客様にはちみつであってほしい。
このように俗なものもちみつに読めば聖らかになろうと
　いうものです。
あるいは聖らかなものも俗なものに。
町じゅうをちみつにする。
それがわたしの夢なのです。

しずかな空間

しろい花

落ちることもあるのですね

重力を脱いで

夢建築

ドアから
入ると
閑かに
外へ出てしまう
(もちよった物語りには
そこで日向ぼこなどさせて)
そんなイメージに眠るひとがいた
入るとはみ出てしまう
ほどに小さな部屋
(ひとの中に部屋をおさめて)

とこれは眠りから
さめて育てた
夢建築

ロールシャッハ・テスト氏

死んだふりをするうちに眠りました。
さめてからは生きているふりかと思われます。

ほそい路をゆくと
かさなった家家が左右に平たくはがれて

中心線をなぞっているここちがいたします。
ものごとが左右対称にみえると申しましょうか。

生涯　世界の折り目からぬけでられないものと思われます。

モンゴルから帰ったひとと坐す

「わたしはここにいない
旅へでたきり帰らない」

という人といると
（相対的に）わたしの

位置は
とある丘の
やわらかい草地にずれて
その人を
遠くから眺めている

ほんとうはわたしが
やさしく見つめられている
モンゴルの
とある丘の頂から

落ち葉

日付をまるで囲む
と
その方向へ
黙黙とあゆみだす

今日。

そこにしっとり貼りついている

わたし。

ささやかな所作《しぐさ》

たとえば冬の
あたたかい日

ささやかな
ひとつの鉢植えを

（息の
所作）

として
ベランダに出すとき
むしろ私に
私の中から
やわらかな光が
差し出されます

渦

折りたたまれて集中して
ちいさくなって消えてしまいましたね。そうお聞きしま
した

しみじみ、聴き入るくせがありましたね。渦の方位で
しみじみ聴き入る、と出ていってしまうのですね。世界
のそとへ

「といってもそれはここのことですがね」

（『ここからここへ』一九九四年編集工房ノア刊）

詩集〈リアル日和〉全篇

正坐クラブ

正坐をもちあるきはじめて
一ト月を数えるころ
なじんだ道をそれ
草かげに臥したまま正坐している
竹林のおくから
青みがかってでてきたあのひとも
なじんだ道をそれ
空気づたいにきたのだろう
いまひとつの草かげに
正坐のままはげしく
放尿するために

口

日曜日の
圧縮器がこわれ
お隣りから借りてきて圧縮し
返しにゆくと口をおおいながら
「三分間で臭くなる口なので」という
借りたときはおおっていなかったから
あれからもう三分たったのかと思いながら
礼をのべて帰ってみると
圧縮したものが漏れており
部屋じゅうが臭い
窓をあけると
お隣りのベランダから
「貞久さんも三分らしいよ」
日曜日の
きびきびした声で漏れきこえてくる

庭

きょう、すきまのひとがくる。
おはちがすこしひらいていて
さっぱりしたきものをきて。
たぶんおちゃをのんで
せけんばなしをして
すきまのままかえる。すきまの
むこうは青青して
しずかな庭がひらいていて
そこからほそぉく、いつでもぜひ
いらしてくださいな。声の
さきざきを清潔にそろえていう。すきまの
ひとといるとわたしはいつも
分布する。
ひらいたむこうの
草や木に
草木のむこうの
きょう、
すきまのひとがくる。
まあたらしい切りくちから
くうきをすったりはいたりして
おはちがすこしひらいていて。
しぼった布はしぼったまま
たぶんかえる。おちゃをのんで
せけんばなしをして
すきまのまま。たぶ

大阪

ＪＲ大阪駅の中央改札口に
「入魂する職員さんがおるから
通るときに見てこいや」といわれる
わたしは入魂ということがわからないし
通ってみてもそのひとはくの字になっておおきにと
繰りかえしながら切符の回収をするばかりで
「集中しているだけやないか」

「あほう。くの字のうしろに見えへんか。相似の
形で」職員さんをこまかく操り
おおきにと叫ばせているものがうしろから
入魂しているのだという
わたしは用事をみつけてふたたび大阪へでてゆき
いつもなら西口をえらぶのを
中央出口への階段ちかくでおり
ひしめく中をうわのそらになって
改札口に近づいてゆくが
くの字のうしろに見えるものはやはりなく
切符を出そうとして取り落とし
くの字にかがみかけたとき
「あほう。おまえのうしろもや
おまえに入魂しているのはだれや」
ささやかれたような気がし
改札をぬけて大阪へ泳ぎでたところできゅうに
耳がきこえなくなる

桜草

父母の血をひき
折りにふれて写真うつりが小さく
おや、と顔を寄せてみていると
くすんだ花に父母の相がうかび
社員旅行の記念の一枚も
浴衣のわたしに畳みこまれた父母が
フラッシュとともに
咲きこぼれそうであるのに
写真をわたされたとき
おや、と顔を寄せてしまい
丹精して育てるひとの
桜草の一ト鉢よりも
折りにふれて写真うつりが小さい

盥

ブリキ職人の息子で
盥にちかい名をつけられ
中学をでてからブリキ職人の道をゆき
以来会っていない友だちが
中学のころ
なにもいわないのに耳を傾けてくることがあり
わたしは口をあけられないほどの
おちょぼ口で
なにもいうことがないのに
耳を傾けられるとわたしのなかに密集し
口から
でてゆきかけるものがあり
こわくなって口をおおっていると
離れてはいないところから
「出しちまえよ」とはげましてくれ
わたしが口をむきだしにしたとき
盥にちかい名の友だちに
おちょぼ口から
すきとおる水が吐きだされた

水中

水中のひとが水中ふかくから
話しかけてくる
「水中で話すよ」
昼の
喫茶『青空』でそのひとがそのひとの
声をぬきとると
口だけがこまかくしずかにうごいている
カウンターのむこう
ママさんも湯気のなかにいてべつのひとと
やわらかく一ヵ所になっているようだ
水中の店でわたしも水中ふかくから
話しかけてみようとおもうのに
水中のひとと対坐していると

小声は大声にひるがえり
ゆるすときでさえ音がでてしまう
わたしだけが昼の
喫茶『青空』の
空気中にいて

遠近法会話

骨を組むのがおもしろく
通りかかるたびに見上げていると
「ひとの家なのになぜ拝みにくるのか」
組まれた木にまたがって問うてくるひとがあり
高さのちがいが拝むすがたに見立てるのではないかと
空へ
ゆるやかに投げかえすとそのひとは
鳶のズボンの羽をぱっとはたき
木をするする伝って降り立ち
しっかりした体軀であるのに丈は低く
近づいてきてふたたび「なぜ拝むのか」
低いところから拝むすがたでいったあと
羽をはたいてもとの高さへするする登りかえり
登りながらわたしを遠近法で這いつくばらせ
空へ
ゆるやかに近づくにつれてわたしを
拝むすがたに組みあげてゆく

草

きのう家のあったところを
とおりかかると更地になっていて
ならされた土にやわらかく日はそそぎ
きのう家にあって横たわっていたひとの
かなしみをとおりかかると更地になっていて
かなしみはふかく
そらふかく青青とのびてゆき
わたしにあって横たわるもの

ほそくまずしくあるものも遠く
遠い地へ
青青と抜けでていってしまう
きのう家のあったところをとおりかかると

す

とつぜん
す
を
入れられる
入れられてくらくらっ

草に伏している

「からだを棒にのばしています。ふたつの手を胸にかさねて

「すずしく病んでいます。からだに中空を植えられて
すは青青とそだちからだの
うちそとを青青とつうじて

「五月
「わたしのなかにわずかばかりの外がある
すぎてゆく息をくぐらせ
くぐらせて
そとから溢れている
笛のかたさ　よ

「なかから湿潤です。やわらかく
「草も生えそめて

絶句日和

吃音の友の
日あたりのよい部屋の柱に
佐藤計量器製作所の
板付温度計が打ちつけてあり
「きみの流暢な日本語に
吃音がつまっているように
ぼくの吃音には流暢な
日本語がつまっているよ」
ガラス管のなかを
なめらかに昇るものを比喩として
日あたりのよい部屋の
板敷きによこたわり
吃音の友が語ったときから
わたしはわたしの
管をなめらかに昇り
昇りながら吃音の友の
流暢へと
はげしく吃ってゆく

甘いものの集い

白木さんから電話があり
二人ほどで会いませんかという
二人だけで会うのに二人ほどでといっている
甘いものの集いには入らないからというと
それはそれとして二人ほどでという
会うと白木さんは甘くなっていて
わたしは甘いものはいやだからきょうは
甘くないものについてかたりたいというと
白木さんはわたしのことばをくだいて練りかため
絞りこんでくる
白木さんはまなざしを細かくわけ
わたしの目の
白いところだけをみるのでわたしも白木さんの目の
白いところしかみえない

白木さんが端々から白木さんであるように
わたしも端々からわたしであるはずなのに
白木さんとわかれると
白木さんに絞りこまれたものが絞りだされないまま
薄皮のうらまであんこみたいにつまっている
わたしは白木さんがいやだ
わたしは白木さんによって絞りこまれる
あんこみたいなものがいやだわたしは白木さんと
二人ほどで会いたくないわたしは白木さんと
二人だけで会いたい
わたしは白木さんに
甘いものの集いには入らないと知らせるために
甘いものの集いに
入っておかなければならないのではないか

フィルム仕掛け

母の折りまげてはならないものを
わたしが折りまげけろりとしていると
母は
もっとけろりとしてごらんといって
わたしを物置にはいれず
明るいほうへみちびいてわたしを
近所の子らと遊ばせたが
豆腐屋のラッパがきこえてくるころ
釘の遊びにあきて
コロッケをかじりながらかえり
かえりながらみぞおちに
沁みいってゆくものがあった
もはやけろりとはできないとおもい
みずから物置へはいろうとすると
母はわたしを呼びとめて
折りまげたものをつくろわせ
それからはじめて
物置の
闇へ
わたしをやわらかく

露出させた

田中理容店

うとうとしていると
田中さんはもう
すそ野から
ちみつに刈りこみ
筋みちをつけている
七三には分けてくれるなと
いってあったのに
「気持ちようお休みでしたな」
のどをひとところに集め
空気をまるめころがして
ひとりやわらかく
完結する
布をひらいてわたしを放つときも
「まあどうぞごゆるりと」

空気をまるめころがして
布でつつむときとおなじことを
田中さんはいう
菜畑《なばた》という地名から
こぼれそうなところにぽつりとある
田中理容店からの帰りみち
つけてもらった筋みちで
菜畑という地名をゆるりとあるき
途中
筋みちを
掻きこわしてみるが
たいていは風にふかれて
にわかにととのってしまう

筒ぬけ

筒ぬけという菓子をもらい
吸っている

あいつは筒ぬけ、こいつも筒ぬけと
中元に
筒ぬけをくばられたものの一人として
山山の青さに囲まれ
からだの
ひとつの部分で吸っていると
吸うということに凝りかたまるひとつの
部分ばかりとなってゆき
吸いながら
山山の青さも吸われてきえて
筒ぬけの
みじかい道のりばかりがある
中元という
この世の途上で
筒ぬけという菓子をもらい
吸いつくして筒がきゅうにぬけてしまうと
吹きこんでくる山山の気の涼しさとともに
凝りかたまるものも
青さへ
野放しにされてゆくようだ

並んで

夕食後、とろとろ切れてしまいました
まえからとろとろしていましたが
交換せずにほうっておいて
切れてゆくのをああ、切れてゆくと
うすく、
うすい層のほうへ
肘を枕にとろとろ眠ってしまうのでした
電球となかよく並んで
明日になれば脚立からのびあがって電球をねじっている
その図をひとごとのようにたのしみながら

ねむりの入口へ
なかよく並んでおりてゆくのでした

まっくらの
底から
夜明けには

電球と
なかよくはっきりしてくる
二個のかたちを
夢みながら

配置

職場の窓が左でありつづけ
そのために左によじれたひとと
バス停で朝ごとに会い
たまたま座席をわけあったとき
顔だけを知るあいだがらであったのに
「職場の窓が左でありつづけ
そのために左によじれ
よじれた体になじんできたころ
右の窓の職場へ」
左へのねじれをつよく残したまま語り
わたしの右からわたしによじれこむひとに
わたしも右へよじれたときそのひとの
眉間にえくぼを見つけた
はじめわたしは恐れ縮むところがあったのに
わけあった日から親しくなり
親しくなるにつれ
そのひとがあたらしい職場のあたらしい窓へ
正されてゆくのにつれて
わたしはもはやたまたまではなく
朝をわけあい
朝ごとに右へよじれてゆくのではないか

右折日記

夜勤からの帰り
口笛研究所というところを右折する
幾筋もの口笛がほそく育つ区域をすぎ
街をはずれて山すその
生け垣にそった道からもそれ
昼の家へ
南むきに入室してベランダへでたとき
口笛を育ててみたくなり
研究所へ折り返すと
顔に三ヵ所があるから
口笛も
三ヵ所で吹かれるだろうと診断される
「散ってますからね。すこし
小ぶりになりますが練習しだいです」
励まされたあと
土曜日午前のクラスに申し込み
口笛を三ヵ所に浅く植えられてから
門をでて
ふたたび右折しようとすると
折れるよりもさきに折れてゆくものがあり
追いながら右折し
右折しながら口笛の区域へ倒れこんでゆく
昼の
南むきの入室へむけて

【うり科】

夜が明けると
生け垣にそってゆく
口笛をほそく
吸いながら
この世というところを
この世というところに過ごして
さわさわと
とおい斜面に

ひとつの瓜をそだてている
眠りについたかたちのまま
目覚めてうすく
充実しながら
夜が明けると
水をたっぷり
含ませに
村の
生け垣にそってゆく
口笛を
ほそく、
ほそく、
吸いながら

菊

菊づくりのひとの
菊をみにゆく
缶のふたを切りぬくとわっと菊がさき
「菊は充塡するものだから
花であるというより
肉です」という
菊が缶から吹きでたのを
収めることができるのかどうか
鮮やかな店だなを見まわしながら
菊づくりのひとにたずね
土産に一ト缶をもとめると
菊づくりのひとは首をかしげ
口を読ませてくれという
菊づくりひとすじにはげみ
菊のように吹きこぼれてしまった
鼓膜なので

凹凸

福丸食堂の昼のテレビで

アマチュアレスリングが中継されており
合体し
基礎を固めあいながら
すきがはいるまで抱きあい
「たがいの体に出してしまえや」
「すきをみては植えつけてみろや」
ビールを数本はあけて
相席のひとがひとり囃している
囃したあとで角度をつけ
わたしの方へねじれてくるのでわたしも
好物の玉子丼から身をそらし
「ふたりでもひとりの淋しさやで」
「おっさんも植えつけてもろてこいや」
囃しはじめると
そのひとは虚をつかれたように黙り
テレビの方へねじれかえりながら
そのひととそのひとにともなう空間をねじり
ねじれかえることによりわたしをそのひとの
全てからしぼりだす仕草でテレビの方へねじれ
ねじれながら福丸食堂の
昼のにぎわいの中
わたしと玉子丼を
わたしと玉子丼だけにしてゆく

テーブル

あなたの北西
五〇センチの所にわたしがいて
炒飯を食べている
折りかえしたどると
わたしの南東五〇センチの所にあなたがいて
炒飯を食べているはずなのに
あなたは年じゅう半袖だから
あなたには熱帯地方があり
「バナナやパパイアを頬ばっていますね」
わたしたち二人のうちの
三人目に

わたしは送信している
今も
次の今も
あなたがあなたの密林へ消えて
音信不通になるまで

冬の小径

冬の小径の
奥に住むひとをたずねると
冬の小径の
奥、
掃きながら
掃くということに
のりうつっている冬のひと
声をかけるとふりかえり
冬の奥から
わたしにのりうつってわたしを

やわらかく
真冬にする
ときおり町におりてくるときも
小径のひとに
小径はほそくのびていて
のびてゆくさきの
真冬の
奥、
やわらかく湯もわいているだろう
町にいても冬の小径の
奥に住む
冬のひと
に

冬ふたつ

巻尺

距離を吐いてはのんで。

今日はじぶんの中、
しずかに巻いたじぶんの
みちのり。

中途半端にしまわれて
抽斗のおく、
ふゆを越すこともある。

ひとつの目盛りばかり噛んで。

垣根

日なたぼこ日和ですね
垣根ごしにいっている端から
陰りだしてくる

ではさようなら

へだてては接着する

ひとのなかの
垣根がひとを

窓口をわけあう

薬袋の
左肩にゴム印で(皮)と捺してあり
朱色に刷りこまれた塗布という文字のわきには
入念な肉筆で「体」と書かれている
窓口からはなれ
くずれた漆喰の所所に草の生える
壁に囲われた医院の

門のところで振りかえると
椿のかたい庭土と
冬の敷地をひとつわけあう
建物のおく
窓口からはみえない所で
入念になぞり
なぞり損ねては消してふたたび
なぞりながら肉筆の仕事をなしおえた
薬剤師の
窓口へちかづいてゆく体と
窓口からはなれてゆくわたしの体が
真上からみえるようだ

体力

家の板を直すために遣わされ
木の匂いを庭じゅうにたてて削るひとが
仕事を終えての余興に
子供の私に腕立伏を求め
五、六回でひっくり返っていると
「一枚二枚と数えれば幾重にもできるよ」
手本にと縁側からおり
削る技法を腕立伏に重ねながら
一枚、二枚と数え
反復するうちにも木の匂いがたちこめ
「削りすぎると
面になってしまうからね」
五、六十枚くらいで起きあがって
縁側にもどり
家の
あたらしく嵌めこまれた部分をさすりながら
口を閉ざしている三十年前の
日曜日の
昼
九つの
私がまだいる

枝の生活

木の皮がついたままの木の
ひと折れを裏山に拾い
部屋の
日のあたるか当たらないかの
窪みながらあかるい
壁にたてかける
二三日おきには苦しむという
はなればなれなところのある人が
苦しくはないときにきて
つよく撓い
つよいままに帰ってゆくのを送りながら
日のあたるか当たらないかの
窪みにいて
木の皮がついたままの木の
あかるい悲しみから
組み直されてゆく

満開ホース

汲みとりのホースがのたうって
ぶるぶるふるえながら桜の家にはいり
汲みとるひとに
はげしくふるえる端っこを固定されている
汲みとるひとはかがみながら
汲みとられるひとと
満開の
桜をあおぎ
日本の
「桜は
「陽にも陰にもひとしくひらき
「わたしら汲みとるものと
「汲みとられるものを
「ホースの縁《えん》で
「やわらかく
「ゆわえ
「突然

ポンプを止めると
満開の
ホースは絶えてひきぬかれ
汲みとるひとと汲みとられるひとの
やわらかなつなぎ目を
「入念にほどきます
ときには端っこでぶるっと反りかえり
ほどかれるふたりに
日本の
飛沫を散らして

父

素手でパチンコへ行く父の
あとから漕いでついてゆき
植えつけのころの日あたりのよい道を
父をまもりながら漕ぐうちに
体中が粘り
ことあるごとに端を発しても
いつになく粘りだしてかたまり
父をひとり行かせて道に伏していると
父は遠く
うつくしい球形で
素手のまま
パチンコ店に吸われてゆく

（『リアル日和』一九九六年思潮社刊）

口語

話すたびに口を割るひとから
電話があり
体でゆくから待っていてくれという
不二家の前で
できるかぎり
体のまま待っていると
浮き沈みのはげしいひとであるのに
遮断機のむこうから
すくすく育ったままあらわれ
笑顔で近づいてくると
不二家の前で
石よりもすずやかに
口を割ったようだ
「やあ」という
単純さで

帽子病

「小さくなったなあ」
成長するわたしを叔父はからかい
「これをかぶればもっと
小さくなるぞ」
鶏を殺してきたばかりの
通る声でさらにからかいながら
中折れをわたしにすっぽりかぶせ
裏の厨へ消えていった
中折れをすてて庭におりたち
従兄弟らと遊ぼうとさがしはじめると
まぶしい地面をついばんではくびを傾げ
鶏があちこちからみていた
「小さくなったなあ」
裏からふたたびきこえ

厨房へまわるとひとかげはなく
すてたばかりのものか別のものか
俎に白く
中折れが潰されていた

柳

五人がそれぞれ
柳の吹きだすくらいの力でうたう
わたしは客席でからだをひろげ
濡れたら乾きにくいのはどのひとだろうか
中世の歌をききながら
目をつむって推しはかろうとしている
身近にはなしをしたとき
三人は湿っていなかったから
ふたりのうちどちらかだろうな
耳をすましていると
ひとりがよりほそく吹きだして
濡れてゆくのがわかるが
目をあけるとふたりとも
筋肉をしなわせて光るのでわからなくなる
コンサートの後、花をわたしにゆき
たのしかったとつげるとふたりは
柳の吹きだすくらいの力でうたう

「金閣でも焼きにゆこうや」

グループ

シールを目つきと呼びなし
文房具や野球帽のおもいつくところに
目つきを貼っている甥たちがきて
わたしは菓子をあたえながら
呼びかたを正そうとしている
「おじさんは顔じゅう
文面だね」

習ったばかりの言葉をわたしにあてはめ
集めたものから一枚ぬきとり
目つきをわたしの
手の甲に貼っていった
わたしはしばらく剝がさずにいて
子らがわたしの部屋にまぎれこんで来るたびに
手の甲をあげてみせ
子らも唇に「しっ」と指をあて
からだのいろいろな所から合図を送ってきた
甥たちが帰ってしまってから
シールを剝がし
手の甲の痒みとともに
目つきもうすれてなくなるころ
わたしは顔じゅう
蒸しタオルで読みとり
家のものとビールを飲みながら
組織を抜けるだろう

火

日あたりのよい路地にはいると
幾羽もの
黄いろい雛がふわふわ歩いている
掬いあげてもにげることなく
こぼれおちては
落ちたところから
同心円でふわふわふくらみ
歩きはじめる
放し飼いであるらしく
戸のすきまから
出入りしているものもあり
家のなかでいくたびかマッチが擦られると
雛にまじりながら黄いろくにおってくる
あといくつか
折れてゆけば通りへでられるのに
しゃがみこんで雛を数えだしており
数えるうちに

自分も繰り入れてしまうらしく
総数を割り出せないまま
日あたりのよい路地の
中ほどに
「巻きこまれていますね」
すきまからふわりと歩みでてきてしゅっ
しゅっと立てつづけに擦り
幾羽もの
黄いろくまるい
火をふくらませる

黄

元気よく歩いてきたから
通りのむこう
花屋に入りもうじき
春をかかえて出てくるだろう
胸いっぱい
黄いろくしぼりだして
「黄がすきなのですよ。黄は
聴くこともできるから」
笑うと見ひらいてしまうので
目に工夫しているといっていたのに
見ひらいたままかかえ出て
黄をかきわけながら
歩行者ボタンを押しているからもうじき
花盛りでわたるだろう。バス停めがけて
歩いてくれれば見ひらいて
わたしの胸いっぱい
静かにしぼりだすだろう
目から
正視できないほど黄をだして

ゴム癖

共同筆立ての

嚙みあとのある幾本かの鉛筆について
職場のひとらが笑いながら話している
わたしの嚙みあとであることを白状すると
パートの木村さんも名乗りでて
木の部分ではなく
消しゴムなら嚙んだかもしれないとつげた
薄いとファックスには写らないからね
係長からいわれ
木村さんは極太ペンで書きなおしていたが
「太すぎるなあ」
わたしはそのとき
木村さんが上唇をやわらかく嚙むのをみて
書くのではなく
彫るのにむいているひとだろう
思いつきにひとりよろこび
職場のひとらはなあんだ木村さんも嚙むのか
貞久みたいだなあと笑った
木村さんが文字を習いはじめてから
日も浅いころのことだ

余白コレクション

保育社発行原色小図鑑
印刷一九五九年定価二八〇円の
図版九頁
菊がおさまりきらず
写真の枠から
「はみでとるのがおもろいから」
古本で入手したとみせてくれた
高校になってもランドセルであり
寸法のちぐはぐをみなで笑っていたが
体の濃くなりおえるころ
植物園の裏にある下宿をおとずれると
図版のつまった幾箱かを指さし
「三〇〇〇点集めたら焼くつもりや
エキスやから」
窓をあけ
綿をひとつまみ
腋からむしり捨てたりした

雨

折りたたみの
骨を折りながら
濡れたままたたんで日がたち
忘れたころにひらくと「臭いから
羽のようにかわかして巻きなさい」
母に教わり
乾かしたあと入念に巻いておさめ
日がたって忘れたころ
袋からだしてひらいてみると臭く
かわかしたのになぜ臭いのか
紫陽花の道をあるきながら
母に問うているうちに
森永乳業の裏へでており
空瓶か
そうでない瓶かの箱をはつらつと
運搬車に上げ下ろしするひとたちのむこう
工場の奥からあふれでてくるものがあり
袋からだされたあとよりもつよく
匂いがたちこめている
瓶のなかにはげしく
ひらいてゆく
母の

血

木屋町四条下ル
烤肉館《カオロウカン》のカウンターで足をぶらつかせていると
作務衣のひとらが近くのテーブルに集っている
幾人もが骨つきのまま齧り
剃りたてであるのに
寝ぐせがついているようにおもわれ
わたしは親しくもないのに
肩ごしに声をかけるとひとりが「僧なので
寝ぐせは頭にではなく
口につきます」

唇をまるめこんで口をもみ消すようにいった
壁には殺されるまえの
羊らが草にやわらかく游んでおり
盲目の写真家に撮られたものであると
べつのひとりがわたしに伝え
信じられないとわたしはいったが
話がはずみかけて
唇をふたりがまるめこむ間もなく
フライパンに肉がなげいれられたらしく
厨房に火があがり
口をあけたままのわたしと
坊主のひとりをわっと赤面させた

母音党

小川母音店の主人から
三〇〇円均一
五個入りの「っ」をすすめられたのは
いつだろう
品名を「発音できたらいつでも
売ってあげるよ」
正しくとなえようとしても
子どものわたしからは
声ではなく
身ぶりしかでてこないのに
「残りあとわずかで店を
つぐむよ」
口癖をいいながらレジで微笑み
待ってくれているので
他の子らのように
音をすばやく
正確にだしてしまいたいのにもはや
小川母音店の
主人の手にあまるほど
踊りだしたのはいつのことだろう

野宿だより

鼻をつまみながらにぎやかに通う
子らに追いつき
わたしも鼻をつまんで
おはようと追いこしてゆくとうしろから
あのおっさんだれやと鼻声ではなくひびいてきた
坂をのぼりきり
来たことのない道なりにおりてゆくと
わたしをはじめてみるひとらが
朝の奥ふかくから
暗記のように浮かびあがり
杖を育てながらのぼってきて
とおりすがりにおはようと
鼻をつままず口々にいってきたとき
「あほや」
子らはふたたび
鼻声でわたしの急所をやわらかくつき
色とりどりにさけびながら

朝の
奥ふかくへ
追いこしていった

水主

傷を洗おうと
膝をあらわに歩いてゆくわたしの
行く手をふさぐようにしてある
公園管理室からふらりとあらわれ
わたしと並んであるきだし
町じゅうの
水道経路を暗記しているので
蛇口をひねると配管図のとおりに
体じゅうを水がめぐるのだと話しかけてきた
途中でわかれることなく
道のつきるところまでついて来て
傷を洗おうとすると

そのひとはわたしのかわりに栓をひねり
はげしく迸らせたが
傷口から汚物がながれさり
膝が桃いろにもどりかけるまで
わたしの傍らにしずかに立ちつづけ
体じゅうを水がめぐる様子はみせず
わたしが洗いおえてひねろうとする
寸前にひねり
離れた

昼顔

マクドナルドの
二階で口をふきとり
「幽かでもね
ナプキンに移したあと
畳んでからすてる」
病みあがりの友がふきとり
入念に畳みすてたので
わたしもふきとって席をたとうとしたとき
「ふきとれよ」
病みあがりの友にうながされ
口もとをさわると
汚れている
ふたたびふきとってから
畳むことなくすてさり
病棟の裏に囲われた
庭のなつかしい
草を踏んでおきたいというので
通りへでてゆき
蔓に巻きつかれた
裏の柵があらわれでる方へ
並んであるきながら
話すことはなにもなくゆくうちに
口もとがすでにできており
病みあがりではないわたしの
昼のへりから

やわらかく
汚れてゆくらしい

スカート

演劇のために眉を剃りおとし
高校にあがるまで剃りつづけていた
わたしに与えられるのは
草をえがきながら塗るほどに塗りこめられ
「草がわたしを表現する」
裏声でつぶやいたなり
画布の青にまぎれてゆくひとの役であると
放課後、班でなごやかに決められた
剃りあとには蛍光塗料がぬられ
舞台の青いやみのなかをふたつの
眉だけが草としてそよぎながらひかり
光りながらわたしがおどり
踊りながらいつのまにか

遠く
草のしげりだすころ
美術の屋外実習でえがいていると
班のひとりがきて「眉のないかぎり
きみはそよぐよ」
裏声でつぶやいたなり
初夏をふわりとひるがえし
笑いながら
草のなかへまぎれていった

巣

前の座席にすわるひとは
肩にちいさな蟻をむらがらせ
糖分をすりこんであるのだと
隣のひとに話しかけている
バスは初夏をつづら折りにのぼり
わたしはふたりの後ろにいて

地図で道のりをたしかめたりしている
隣のひとは正面をむいたまま
首をひねりもしないから他人なのかどうか
蟻のひとと肩が接していて
右肩から隣のひとの左肩へとすこしずつ
群れが移りだしているのに気づかないらしく
正面をむいたまま頑なにとりあわない
宿への道のりをのばすために
沢づたいにゆこうと
笹をわける小道のあるところでわたしは降り
バスのほうへまぶしく顔をあげた
糖分のひとはわたしを見おろし
口から黒々とあふれさせて
「さよなら」とひとなつこく笑い
窓のむこうのひとは
正面をむいたまま
顔じゅう
蟻だらけにして運ばれていった
親子かもしれない

二泊三日

植物園の沼のふちからのびる
うばゆりに吸いよせられて
遠方のひとがきており
慰める力をきたえてもらっているという
丸二日きたえてもらい
明日には発たねばならないから
記念にためさせてくれ
うばゆりとおなじくらいの
低さからいうので
目をつむりおとなしくしていると
丸二日の成果をためしながら
遠方のひとを慰めようとする
わたしのすがたが浮かびあがり
身におぼえのなくなるほどうっとり
慰めているうちにわたしから
奪うつもりなのではないか
目をあけてみるが遠方のひとはわたしの

腰のくびれあたりに
白く咲いており
明日には発たねばならない

豆電球式

豆電球をもちあるき
会議中
ポケットで灯しているのを
見つけられたときから
訓練をかさね
今では
豆電球なしでも放つことができる
ペン尖
目
集中しうるあらゆるところに
点点と固めて

空気玉

素振りをしながら
空気玉をかろやかに打つひとが
校庭の柵ごしにみえる
空気から
くりぬき打つのがおもしろく
素振りのふりをしながら
家並みをぬけてゆくと
日あたりのよい路地の
中ほどに
黄いろい雛がふわふわ歩いている
木製バットを求めたかえり
校庭のひろがりへ泳ぎでてゆき
木の匂いをふりまきながら
素振りをくりかえすが
空気玉はくりぬかれず
昼のあかるみへ
放たれてゆくこともない

かろやかに打つひとらがひとり
ふたりとあちこちから集まり
空気玉をそこらじゅうから
くりぬいては放ち
校庭の厚みをましながら
ぎゅうぎゅう詰めにしてゆくばかりだ

飴鳥

飴をしゃぶりながら
父はおだやかに叱り
叱りにくいので吐きだすか
嚙みくだくか
迷っているのが察せられた
庭には割られた鉢がならべられ
石つぶてがころがっており
わたしはおびえながらも
叱るかしゃぶるか

どちらかにすればよいのにと思っていると
鳥がするどく啼き
植え込みから
冬へ
実をくわえとびたった
父はそれから
割れたもののことを
わたしにあやまらせることなく
鳥の名の由来をかたり
飴がなくなりくらくなるまで
鉢ではなく
かつて
救おうとしてすくえなかった
鳥について
叱るよりもおだやかに
わたしにしゃぶりつづけた

歯

口の治療がつづき
左のみで噛んでいる
右利きの体であるのに
口だけに右がなく
冬の駅から
冬の
山へ
枯れたひとすじの
道を出しながらあるき
薄の
頂から
左利きの
口笛を放つと
空へよじれながら
ほそぼそと枯れてゆく

グリコ

兄はおまけを集めてはならべ
取りさったり加えたりしながら
図になるまでならべかえようとし
妹のおまけも取りあげた
兄の枕もとはひろく
夜のあかるみに部屋のすみずみまで
盛り上がり
妹がしずかにさがしていると
兄はふとんからでてきて明かりをつけ
奪ったものもそうでないものも
鳥肌をたてながら妹にあたえた
目からやわらかく
図を流して

桜

宝山寺参道からそれてある
古本キトラ文庫の有《ゆう》さんと
喫茶『青空』で
折からのことを話す
桜かぁ
煙草をふかしながら
有さんは桜いろの
歯茎上下をむきだしにして笑い
わたしは話に花を咲かせず
全集ものを値切ろうかねぎるまいか
切りだそうとしている
ママさんがきて
桜のひと折れをおいてゆき
古本でゆくしかもうないかぁ
年がひとめぐりして
花があかるくふくらむたびに
キトラ文庫の奥のしずかなところに
有さんはひと折れを咲かせてきたのだから
三本目のひと折れになるのだろう
有さんは煙をはきながら
ふたたびむきだして笑い
わたしも桜いろの
茎にちかいところまで笑う

枠

木造アパートの
窓から布団を垂らすひとに
下から「よお」と叫ぶか
叫ばないかのうちに
棟ちがいの
真昼よりもあかるい方角から
「忘れたのか」
覚えのある声がひびき
向きなおすと二十年前とかわることなく

坊主頭のまま
中空の
窓に腰かけている
凸《でこ》であるのに狭いひたいの
生えぎわを剃りおとしているのも
青青とおなじだ
下からふたたび「よお」と叫んで
酒瓶をもちかえ
小刻みに歩をゆるめながら
正しいほうへ歩みよろうとするが
友も
垂らすひとも
視野からゆるやかに締めだされて
世界はやわらかく
春へ
閉じてゆくらしい

発光

遠足の列からおくれ
後方はまだ
山道のむこうに見えるのに
離れすぎたと感じたとき
後ろのひとりが振りかえり「おーい」と呼んでくれた
遠くからでは別人にみえたが
切口のように振りかえり「おーい」と呼んでくれ
羊歯を仄かにわけてゆく細道のむこう
体操ズボンの
膝をたるませずに待っているほうへ
離れすぎたと感じて走ろうとしたとき
切口のように振りかえり
別人として発光するのがみえていたが
近づくにつれて膝をたるませながら
同一人物となり
切口の鮮やかさとともに
光もふたたび

級友へ吸いこまれていった

空気

道の枝わかれするところにある
廃屋の
割れてひらいた窓にふくらみがあり
空気がやわらかく圧しだされている
ガラス片を踏みながら裏へまわり
山のほうの窓からのぞくと
家屋の闇ふかく
ふくらみのある窓がむこうへあかるく
くりぬかれてひらき
あるいてきた道の
枝わかれするところがくっきりみえる
闇をはさむふたつの窓をとおして
枝わかれからあかるく
ひびいてくるものを集めようとするうちに
股の
見なれない木に気づき
空気を引いているのはあれだなと
発露によろこんでいると
幼いころ
見なれない木のあたりから
気さくに跳ねてきては
子らの素性をあばこうとした
ひとのあかるい声がよみがえってくる

（『空気集め』一九九七年思潮社刊）

詩集〈昼のふくらみ〉から

梅雨

縦
横
奥ゆきのいずれかをえらびなさい
夢のなかでいわれて縦とこたえた
めざめても縦がひとすじ
挿入
されているのだった
縦のあるからだで横になって
雨にたっぷりつかる
田
をみている
水はあふれているのだった
縦からあおく

念力

たんぽぽ
を念じたらたんぽぽがさいた
というひとがいる
念じてもさかなかった
というひともいる
たんぽぽ
を念じたわけではない
けれどきょう
たんぽぽがさいた
気がしてつみにいった

念じましたね
というひとがいる
念じなくてもさくものですよ
というひともいる
念じた
ことを忘れない
いや、
忘れた
いや、
たんぽぽ
に念じられた
にすぎないのかもしれないけれど

庭語り

二、三本の
木立にふかくわけ入ろうと
二、三本のまばらな
木にわけ入るしぐさでゆくと
奥ゆきをそだてるひとがいて「そこからここへの
道はとおい
よ」
木立のふくらみから
物語りとしてはなしかけてきた
口をつぐみかけては「よ」をひとつこぼして。昼の
木立にやわらかく遠方をひろげて
奥ゆきをふかく
庭のところどころにそだてるひとの
緑陰にわけ入ろうとすると「ふっくらあかるい
この世のかげ
よ」
物語りとしてはなしかけてくるだろう
二、三本の
木立のふくらみから

バナナ

バナナ
をたべながらバナナにといかけた
きみはどこからきて
どこへゆくのか
バナナがここにあらわれている
仕組み
があるのだった
仕組み
のなかのひと
ひとのなかのなかの仕組み
がおなじ大きさにおもえる
わあ、甘いバナナだな
も仕組みのなかにあった
と
さみしくなった
バナナでさみしくなっている
そんなひとが
この世のいたるところで
きみをたべているだろう
仕組みの
そとで甘い
そんな甘さのほうへ
ほうへときみはゆきたがっているようだ

写生

石が九つ
ならべてある
と感じられたところにいくつかの
石がおかれている
数えるまえから九つであるとわかり
数えることなく
ひとつにすわりのぼってきたほうを見おろしている
笹があかるく
くりぬかれたところへ

幾人かが手をつないであらわれ
石を九つよりもおおく
あるいはすくなく
運んではところどころにならべ
ならべてはべつのところにおきかえて
九つにしぼりこもうと手をほどきだしている

全体に並ぶ

ひとり
のときひとり並んでみよう
そうおもうことがあった
と
並べるようにおもわれた
木や
そらにではなく
全体に
けれど

みずからが
全体にふくまれるかぎり
並べないようにもおもわれた
桑をとりにゆき
ひとり
口をよごしている
ひとりよごれていると
ひとりでも
群がることができた
木や
そらとともにいて
ときに
よごれたまま
しずかにあおむいている
と
全体
をみずからがふくんでいる
そんなふうにもおもわれて
いつまでも

並べないのだった

夢

夢のなかに身のまわりがひろがる
ように
あるとき
ふと
身のまわりがひろい
はてなく
ひろいところに身をよこたえている
と
身のなかに夢がひろがる
ように
あるとき
ふと
身のまわりが身のなかにひろがる

菊をつみに
はてなくひろい
身のなかをあるいている

夢からさめて

水塗り

水塗り
をしていきてゆくことを
水ぬるむころにかんがえた
昼のベンチにもたれていると
花でくらすひとらが
道をふみにじることなく
いたるところからあゆみきて
花をさかせようとしていた
この世をうすく
ぬらしてくらしを立てる

そんなひとはいたるところにいるものです
水塗りをするひとからきいたことを
昼の
あかるみにいてかんがえているとわたしも
花のひとらも
ひとみな
水塗り
をしていきているとおもわれた
水ぬるむころの
やわらかなこの世に

言葉

歩き方
をわすれたとき
やや
歩いている
昼の

あかるみにいて
すこやかなあおむけや
うつぶせはたやすい
けれど
沈黙
をおもいだせないとき
やや
沈黙しようとする
ように
歩行からあおむけや
うつぶせがはなれないとき
やや
歩きつづけている
と
歩行からあおむけや
うつぶせがはなれてゆく
ように
言葉
をややおもいだす

のはそんな
昼の
あかるみにいて

上下ちりぢりの鳩

道から浮きでてふわりとはばたき
枝にとまってほう、ほうとなくのが枝ではなく
道からきこえる
さらに一羽
浮きでてくるだろうと
たたずんでいるがあらわれず
鳩は枝にとまりながら
ほう、ほうとふくらんで足もとでなき
道ふかく
ふわりとはばたき沈む
道と枝のあいだにひとつ
やわらかくさいているものを
目をたがいちがいによじらせることなく見ていても
上下
ちりぢりにわかれ
枝と
道のそれぞれにほう、ほうとしろく
胸のようにふくらむ

桜

花のころ
この世をはかなむ
ことをたのしんでいる
たのしみながら
この世にはかなくなっている
花におくゆきがある
というひとも
おくゆきのはてに花がある
というひとも

おあいこなのだった
極大
が
極小にひらいてふくらむ
と
花としてさいた
来年もまた
お会いしたいものですね
ひとはそういってわかれ
花のころ
会えたり
会えなかったりした

体育

ひとの世
には
こころをこめた体
があるように
体
をこめたこころも
ひとの世にはあるかもしれない
と
あるきながら
考えている
あるきながら考えていると
考えながらあるいてもいた
昼の
垣根がある
むこうからひとがあるいてくる
すれちがいながら
垣根ごしに会釈をかわし
それきりで
過ぎ
ふたたび会うこともなかった
けれど
会釈をするとき

こころ
には
体がこめられた
そんなふうに
かろやかにすれちがうのだった

（『昼のふくらみ』一九九九年思潮社刊）

詩集〈石はどこから人であるか〉全篇

——私には前後左右が付いている——

質素なしあわせ

蠅がきている
とき
蠅が
きている気がした
しっ
ともいわずにいたが
とんでいってしまった
とき
とんでいってしまった
気がして
私はご飯をたべていた
人生はつかのまである

とか
つかのまの
いくつもの重なりもつかのまにある
とか
つかのまにご飯をたべられるしあわせである
とか
おもいながら
昼の
ご飯をたべていると
ご飯をたべている気がしていた
蝿がきてから
とんでゆくまでのあいだ
それがつかのまか
永遠か
どちらであれその
あいだ
蝿がきているな
ふと
なつかしみ

ご飯をたべながら
歯ぐきに歯のついているのが
私であれ
蝿であれさほどかわりはない
気がしていた

メロンパンだけが動く

私は十円玉を握りしめていた。

メロ……ンパンを下さい。と私はメロンパンに隙間を入れていた。メロンパン、と、一思いにたのんでいるのではあっても、隙間はことのほかながく、店の爺さんは、私が云いおわるまではのんびり待っているようだった。ところが云いおわれば、ガラスケースのメロンパンをたちどころに取りおさえた。

十円玉はいくらふりはらわれても、私の手にすがりついてきた。それがいざ、手からころがり出てみれば、これでは足りない、と爺さんに云われていた。私はそれが、私に云われているのか、十円玉に云われているのか、わからずに帰るのだったが、十円玉はすがりついてくることもなく、いくら握りなおしてみても、私からはもう、心離れてしまったというふうだった。

竹

夜中
ふと目覚めて
充足ということばが浮かんでくる
ふとんの中の足は
どこにあるのかわからない
それはいったい
何本であるのか
うごかしてみてはじめて
二本だった
とわかる
電燈をつけて消すと
パッとついて
パッと消える
それからまたふとんにもぐり
しばらく
足がある
遠くから
竹林がさわさわしてきて
電燈はパッにかぎる。ほかはダメである
充足とはどんな足であるのか
と
つながりのないことを
並べてかんがえている
ふとんの中にはなぜ
手摺りがついていないのか
足元はどこから足元でなくなるのか
というようなことが
きりもなく

並び
竹林がさわさわしている
充足
というのはよいことばであるのに大変
気味がわるい

私はなにか大きなものにひっついている

いつのころからか
埃が集まり
ふわりとうごいたり
うごかないでいたりする
机のすみにそれはあり
うでをふりまわすと煽られて
やや
おくれてうごく
本質
について書かれた本をよむうちにいつのころからか
漢字もひらがなも
文字のつらなりがみなふりがなにおもわれる
私は部屋の中にのっかっている
のっかって
うでをふりまわし
埃をふわりとうごかしていると
森羅万象
埃にあわせてふわりとうごいている
窓の下でぴよぴよだとか
ウォーだとか
子らがさけびながら遊んでいるのがぴよぴよや
ウォーや
ふりがなである
埃と私の
あいだがらを断とうとして
うでをふりおろしてみても
埃がふわりとうごいておしまいである
カナブンが青空をとんでいった

のだが

虫はただなにか大きなものにひっついていて

大きなものだけがうごく

論法

人がきてどこかの土産に万年筆をくれた。……どこかの産物は万年筆ですか。……いえ、ちがいます。といったことを二言三言交わしたきり帰ってしまったので、もらったばかりのものであとから礼状を書いていると、私は何本にもわかれてしまった手の先で書いていた。何本にもわかれたそれぞれが万年筆にからみついて、文字が一つ一つ丁寧にねじくれでていた。……ぷんと匂いますからね。と云われたとおり、インクは黒く、やわらかく、ぷんと匂うのだった。しかし、もうかなりのあいだ坐っているのに、私はまだ、万年筆をありがとうございました。と書いたきりで、そのつづきを考えあぐね、そのうちいつのまにかずいぶん経ってしまった。ぼんやりながめていると、万年筆と手はどちらがどちらに含まれているというのでもなく、たがいにくつろいでいてそこにあるのである。しかしつづきをまた考えだすと、何本にもわかれてしまった手の先があらためて万年筆にからみついてとれなくなるようなのである。ということを書いておこうかとおもいながら手をひらいてみたら、万年筆は、コトリ、と机にあっけなくころがり落ちてしまった。手をふりほどかなければ離れないようでもこまるが、あっけなくとれてしまった。私は、あっけなくとれてころがってしまった万年筆をながめているうちにしょんぼりしてきて、また、からませてやった。すると、手の先にかたまりあっていたのが、そんなときにかぎって急に生きと何本にもわかれてひらいたかとおもうと、万年筆にからむのである。

いつかまたお会いしましょう。と書いてしまうと、礼状としてそれはそれでよいのだという気がした。

板

材木屋の裏に並べられてある板は、板塀のように立てかけられて日にあたり、穴がくりぬかれてある。

私は板のまわりの、昼のあかるいひろがりの中にいてそれらをながめ、つっ立っている。

板の一枚に触れようとして、手のことを、人、とよんでやると、私の先には人がついており、その人は板のところまでのびてこわごわ触り、我に返ったようにもどってくる。

指に唾をつけて障子に穴をあける仕草が、そんなことをしている私に模様のようにあらわれている。

板のまわり、というところは、穴がふくらみ出て、板をやわらかく包んでいるひろがりのようであり、水ぬるむ頃、家から遠く歩いて来て、どこからが穴で、どこからが穴でないのかわからないところにつっ立っていると、紐に石ころをゆわえて散歩させていた人やら、亀にもらい泣きしていた人やら、一人でいるのにぬき足さし足で歩いていたなつかしい人やらに、私はこれから会いにゆくのだ、と思い出されてくる。

板はそれぞれ、等しい寸法のなかにあかるく澄みわたり、松のにおいをたてている。

松はかたく、登りやすいが、人の体は登りにくい。

父にかつて登ったとき、登りついたところにも父があらわれ、それはおもいのほかやわらかく、私はそこから足を垂らしてねむっていたのである。

立てかけられてある板はみな、全体、というところからあかるく編みだされてきた体のようであり、私はそんな、体のようなものがずらりと並べられてあるところへ、のこのこ歩いて来たなりぼんやりつっ立ってしまって、ふと、私というものは、空間のひとところが小さく三つ編みにされて、ふくらんだものとしてある。

お椀

ふせたお椀のような
火災報知機がひとつ天井についている

そういえばここについていたな
おもいだしてよかった
ということもなく
横になり
目をとじていると
どこにあったのかわからなくなってしまう
目をあけてああ、そこだったのか
みつけてよかった
ということもなく
お椀はどこにあるものか
じきあやふやになってしまう
私の目はふたつ
横に並んでいる
ねむっているときは並んでいない
が
さめると集まってきて
並んでいる
ときには
箸でつまんで
ねぎらってやってもよいくらいな
目をふたつ並べて
私の顔
をひさしぶりにみたとき
そういえばこんな
お椀だったな
ふと
火災報知機をおもいだしたのだが
おもいだしても
顔とお椀はくらべようもなく
さわるとなんとなく
お椀ではない

石の発育

勉強ができるかできないか、というように二つに分けられてみれば、私は勉強のできないところにいて、発育していた。木の葉の動きが飽かずにながめられてはいても、観察されているということがなかった。勉強中机の向きが刻一刻変わるように思われたり、線を引くたびに線のひとつひとつが反りかえり、それをいちいち押さえ付けて引いているようでは、図の一つも画けないのだった。ときおり、私の中から、勉強があらわれてくることがあった。自転車に乗ることと畳に寝そべることの区別ができないために曖昧な乗り方をする友だちが、自転車に乗って遊びにきたとき、乗ることと寝そべることがそこでは同時に起きていることがありありとわかり、友だちがどこか遠くからやってきた不思議なもののように思われて、私にはそのとき、勉強がこみあげていた。私はたえず何かにつままれており、歩こうとしても足が空回りして進まずにいたのが、私をつまんでいるものにふと放されてみれば、すたすた歩きだしていた。そのようなつままれ方は、話し方にもあらわれ、話をしようにもどこかでつままれて宙ぶらりであることがつづき、そのうち急に着地をさせられて、しどろもどろに歩きはじめるので、何を話しているのかわからないのだった。歩いているときは足元のなかを歩いているが、足元はどこから足元でなくなるかと考えてみるのは、子どもなりにおもしろかった。足元というものは、足のまわりの小さなひろがりとしてありながら、果てなくひろがれば、宇宙大になるような不安とよろこびがあり、そのように大きなところで石ころをあれこれ並べかえては遊び、おさない知恵をしぼるようなことをしていたが、石ころはよくよく数えてみれば、どこかで拾われてきたものがそこに一つあるきりだった。

石はどこから人であるか

私から離れているか
いないかのところに一つ
ころがっていた
私はその
ころがっている方へすいよせられてしまい
さすってやっていた
それは婆さんか

爺さんのようだった
が
石ころ
だった
さするから石ころである
けれどさすらなくても石ころである
私はさすりながらそんなことを思い
道ばたの
あかるいところに遊んでいるようだった
お腹
ときこえたのでお腹をさすってやったら
石ころはその
お腹のあたりからしだいに小さく
やわらかく
爺さんか婆さんになってくるようだった
が
石ころ
だった
私は小さな石ころの
つやのある丸みにわが身をうつしとらせたい
と願い
石ころの前にしゃがんでいた
けれどそこは前ではなく
後ろかもしれない
としきりに思われた

道草

なんとなくしゃがみ
ぼんやりしていると草がみえていた
草があればなんとなく余所見をしていたり
余所見をしたところに草があらわれ
生えていたりした
おい、どこをみているのだ
とよばれた方をみてもその人はみえてこない
といって
その人はそこにいて

おい、とよび
しだいにみえてくる
といって
遠くでも
近くでも
ないところにあらわれた
草をみるためや
しゃがむためではなく
なんとなく歩いてきてぼんやりしゃがんでいる
と
草があらわれ
おや、
草のなかにしゃがんでいたのだな
といって
むかしからしゃがんでいるはずもなく
いつからか
おもいだそうとするうちになんとなく
上をむいてしまい
空
が
青青とあらわれていた
朝夕
顔をあらうたびにどこかを洗顔していた

この世は黒子のまわりにある

手のひらに黒子がある。子どもの頃は、銭湯でうつされたと思っていたが、黒子はうつるものではないと云われて、それならば、自分の中のどこからかあらわれたのであるから、それなりになつかしく、親しんでいた。黒子のまわりには、黒子以外のあらゆるものがひろがっている。それは、手のひらや腕や体、……机や窓や、……家や、……木立や道や町並み、……というふうにひろがって、この世はそのようにできており、隣家もそのひろがりの中にある。隣家の軒先には十一月になっても、風鈴がつるしてある。まだつるしてあるのかどうか、ときおり気になってのぞいてみるが、つるしてある。十二月になってもつるしてあったらどうしようと気をもんだり、今度会ったらおしえてやろうと思ったりはしていても、そのようなことはそのときかぎりで忘れてしまい、しかしときおりふと気になってのぞいている。隣家の人にしても、のぞいているのにちがいない。……つるした本人だからそんなことをする筈がない、とはいえない。円を中心へすぼめてゆけば、しまいには円なのか中心なのかわからなくなるように、黒子をすぼめれば、黒子はしだいに小さくなり、どこかへ消えてしまう。私はときおり、そのようにどこかへ消えてしまった黒子に看病されている、と思うことがある。消えてしまってなくなりはしても、この世はやはり、その、在りもしないもののまわりにふくらんでおり、そこにひとつ、風鈴がつるされてある。十一月なのに蜂が飛んでいる。飛んでいる蜂は転ばない。というふうに決めつけたり、蜂がいるくらいなのだから、風鈴があるのも仕方がない。と決めつけることはできない。

沢

松のふもとで小さなバケツをぶら下げ
人を待っている
それは夢でありながら
松のふもとに横たわり
夢からさめた
というところからはじまる夢である
人は小さなバケツをぶら下げて来て
これから沢蟹をとりにゆくところであるのに
そこにはすでに幾匹かが
沢蟹のなりをして
静かにうごかないでいた
なぜ、すでに蟹がいるのですか。
それはこれから、
逃がしにゆくからです。
というようなことを話しながら
ふたりは松をはなれてゆくのである

私

というところには足がくっついたり離れたりしており
それらはあまりにはやく
くっついては離れ、離れてはくっつくので
くっついているように見える
私は落とし穴に草をかぶせておくやり方で
頭に大きなリボンをつけられている
そしてこれからとりにゆく蟹が
すでにここにとらわれてあるのなら
逃がすのは
善いことであると考えた

幸福

私は漫画をながめていた
どこを見ているのかわからないような
子どもがひとり出てきて
柿をつるしましょ
と云いながら柿をいくつか
軒先につるしている
それでおしまいのような
漫画だった
何がおこるのかな
とおもっても何もおこらない
つるし柿が
鳥につつかれて子どもが泣いたり
干し柿をみなでなかよく
食べたりしていた
子どもの
口のあたりからふうせんが出てきて
言葉はいつも
ふうせんの中にくくられてある
柿をつるしましょ
という言葉と共にふうせんがふくらみ
云いおわると
ふうせんも言葉も消えてしまう
柿をつるしおえて
子どもはふっくらふくみ笑いをしているのである

ふうせんがたとえ
極大にふくらんでも
言葉はその中にあり
極小にふくらんでも
その中にある
云いおわればいつも
ふうせんと共に消えてしまうのである
幸福
はふうせんの中にも
外にもふくらんであり
子どもはふっくらふくみ笑いをしていたら
柿をつつかれて泣いてしまった
そしてつつかれた柿を
みなでなかよく
食べていた

青葉

青葉のこんもりしたふくらみに道がすじのように入り、出ていた。ひとりの人がうつむきながら歩き、ふくらみに入ってゆくのが遠く、小さくみえる。山裾についたすじのような道を歩く人は、遠く、米粒くらいである。青葉のふくらみに入るとき、その人がふと顔を上げると、米粒の一角に光がまぶしくあたり、その中にある目と、私の中にある目が、合ったように思われた。私はそれから、じゃこをご飯にふりかけて食べていたときのことを思い出した。じゃこはみなその人くらいに小さく、ご飯にふりかけられてはいても、それぞれ目や鼻や口があり、気が変になったままのような表情をしていた。私は、ふりかけられたものが何匹であるのか、それを一匹一匹数えかけては思いとどまるようなことをして、ご飯を食べていた。その人は、青葉のふくらみをぬけてむこう側へ出てしまうと、そのまま道を歩いて、小さくなっていった。ひとつの方向にはあらゆる方向がふくまれており、小さくなって遠くきえてしまえば、その人はあらゆるところへ行ってしまった、というふうだった。

帽子

帽子屋にふらりと入った
ふらり
ではなしに入っても
入るということにはどことなく
ふらり
がふくまれていた
帽子には中と外があり
中はせまく
外は
無限大に広かった
せまいほうに頭を入れ
おとなしくしている人がいる
それから無限大に
広いところへ入れたなら

さっぱりと、気持ちのよいことでしょう
と
頭をぬきとり
帽子の外をかぶっている人がいる。それがどちらも
私なのだった
私には頭がついており
それは帽子の
中に入れても
外に入れても
つけっ放しになっている
お似合いですよ。
はあ、そうですか。
で
万事
休すなのだった
そもそも
用もないのにふらりと入り
頭を入れたり
出したりして

今
ようやく
床屋から出てまいりました
といったふうにどことなくさっぱりして
さようならだった

栗

栗林から人があらわれ、その人から道が出ている。それは、私から出ている道とはべつでありながら、前方へ、目をうごかしてゆくにつれてふたつはひとつの道としてつながり、私はそのようなところで人とすれ違いながら、こんにちはと云っている。

人にこんにちはと云うのは、自分のどこかにこんにちはというものがあり、それが、こんにちはと云ってくれとたのんでいるから、私はこんにちはと云っていた。

拾った栗といっしょに寝るのだといってそれに布団をかけてやっている子どもが、栗のどこからどこまでを顔だと見定めているのか、布団から栗を少しはみださせ、そのあたりに向かっておやすみなさいと云って布団にもぐり、おとなしくしている。

が、じき起きてくるとにぎりこぶしを丸めてふたつの目にあて、栗を遠目にながめるようなことをして遊んではふたたびおやすみなさいと云ってもぐり、栗といっしょに顔をだして目をつむっている。

……そのような子どもがどこに身をひそめているのか、栗林から出てきた人にすれ違う私のどこからかあらわれ、私の目のあるところに顔を押しつけてその人をのぞきこみ、こんにちは、と朗らかに云っている。

そこで、その子に合わせて口を動かしていると、私はこんにちはと、朗らかに云っている。

インクはインキである

インキを下さい
はい、どんなインキですか

といったやりとりはとりたてて
めずらしくない
陰気とインキはおなじ音であるから
インキ
が伝わるとき
陰気ではない
もそれとなく伝えられている
インキを下さい　と云えば
どんなインキですか　ときかれ
これこれこのようなインキです　とこたえている
やわらかな陰気を下さい
と云う人がいたとしても
やわらかなインキですね　と云いかえられて
おしまいである
が
私はそのとき
インキを下さい　と云い
インク
ですね　と云われた

私はそこにいてインキと云っている
のでありながら
インク
と人伝てにつたわってしまった
というふうだった
私はインキであるのか
インク
であるのか
なんとなくしどろもどろになり
インキですよ
と念をおしておきたいのだったが
つまるところ
インキはインクであり
どんなインクですか
これこれこのようなインクです
とこたえて
インキはどこか
ふわりとかくれてしまった

ズボン

目をあけたところが前
とおしえられた
朝
目をあけると
目からかぎりなく大きく
前
がふくらみ
私には前がついていた
夢のなかで
蟹として生きていたことがつづき
ふとんから
蟹のような
人となりで這いでると
前のなかへ入り
たたんでおいたズボンをひろげた
それはひろげた
というよりも前をしずかに揉んでいる

と
そこからやわらかく
ズボンが揉みだされ
私はズボンをはいて犬の散歩をしていた
犬は紐をとかれてかけまわり
私とともに
前の
なかにいることをよろこんだ
犬がなにかを嗅いでいる
それは
冬野を
犬とともに四つん這いでかけまわり
たおれて横たわったなりうごかずにいる
蟹股の
ズボンである
それは股中心の
人である
夜
目をとじてねむれば

犬も
ズボンも
前とともにどこかに吸いこまれ
体
のようにきえてしまった

父

飯粒がついていると父に云われて触ってみるが、口もとには何もついておらず、父が笑うので私も笑っている。

飯粒がついていると云われて触ってみるとついていることもあり、そのようなことが重なると、そのうち、一人でいて誰にも何も云われてはいないのに飯粒がついているのではないかと思われ、口もとに手をやるとついていることがあり、楽しいときも悲しいときも、自分には飯粒がついているのだ、と思われた。

漢字のひと文字をくりかえし綴り、ノートの枡目に一つ一つお供えするようにして練習していたのは、そのようにしなければ、文字が固まらないからにちがいなかった。書いている文字の一つ一つが多毛であると感じられたり、どこがどうというわけでもないのに、文字のどこかに引き金がついている気がしてならなかったのは、文字がまだ、固まっていないからだった。そうではあっても、練習している文字に飯粒がついていると思われることはなく、それは、文字が、口もとではないからだった。

束になってかかって来い。

と云い放つ父に、相撲の構えがあらわれていた。

私はすでにひとつの束であるのに、束になってかかって来いと云われてみれば、一人でありながら離れればなれにほぐれてあり、ざあと風が吹いて葉やら枝やら虫やら塵やら土埃やらがひとつところに吹き寄せられたところにかろうじて、私のようなものがもやもやと縁取りのない体としてあらわれていた。父はつじつまの合わない文字のように、深くかがんでいるのでありながら低いところに聳えていたが、私はたいへん小さな煙の渦としてあり、混ぜられた目鼻立ちのなかから口もとがしだいにあらわれると、唸るか、叫ぶかして、ゆるやかに転がされていた。

体のさみしさ

昼——。

山間のちいさな駅舎にいて、放尿している。

便所はしんとして暗く、便所の中に夜中がある。

夜中、目がさめて、机に小便をした。父母がおきてきて、そこは机ですよ、とおしえてくださった。……ということがぼんやり思い出されてくる。

人はみな、便壺をひっそり捨てたなり、どこかへ消えてしまったというふうである。

動いているのは自分の体ばかりだと思われるほどあたりはしんとして、股や手足など、身のうごきを一々とりおさえて構えをつくるのだったが、便壺に体をあてはめておとなしくしていると、それはそれですんなり放尿している。

小窓のむこうの道に石がひとつころがっており、石ころと自分が一対一対応の関係にあるのはどうやらまちがいあるまい、と察しをつけてそれとなく見ていても、石ころは身じろぎもしない。

人があらわれてぬかりなく放尿してくる。

……便壺にしてみればそのようなことであろうが、体と便壺にはとりたてて食いちがいもなく、便壺ひとつをふくめての体一揃いでしずしず放尿するうちにその一揃いがひとまわり小さくなっている、というふうでさみしい。

雲

私はあたらしい
万年筆で何かをしるそうとして
雲雲雲……としるしていた
雲はひとつひとつ私の

中からあらわれてペン尖にあつまり
そこからひとつひとつ
出てきては
おとなしくしるしつけられていた
私はつらねられた文字をしばらくみていたが
それらをその
表からみていた
文字をしるしてしまうと
私はいつも
私の中からあらわれたものと
差向いにあり
私が私の顔をじかにはみられないように
私は文字の
表以外はみることなく
すごしてきたのである
といって
裏返して透かしてみてもおもしろくも
おかしくもなく
私らはただ

たがいに差向いにあり
文字
としてひとたび
私から出てしまったものがふたたび
私の中にもどることはなかった
雲雲雲……としるしたり
しるしたものをながめていると
雲がふさふさしています
とか
今日の胸さわぎはふさふさです
とか
おもいうかび
私はあたらしい
万年筆でしるしてみようとおもったが
ふさふさ
とだけしるして
それでもうやめてしまった

──春眠にひとりで入る体かな──

（『石はどこから人であるか』二〇〇一年思潮社刊）

詩集〈明示と暗示〉全篇

ある文によって暗示されることがらがすでにその文に明示されている——そのような文があるだろうか。ゆれている枝によってよびおこされるものが、ほかでもないそのゆれている枝であるように。

数のよろこび

道のべにあり、ゆきすぎてなお思いかえされる二、三本の木は、二本とも三本ともなく、二、三本として思いかえされる。

べつの日におなじ道をゆけば、二本か三本かのいずれかがあり、いずれもこの二、三本の木であるのにほかならない。

木橋

きのう来たとき道にあり、目じるしにとひろい上げ、木橋まではもちあるいた石がゆくさきにみえる。

たとえみえてはおらず、忘れられてあるとしても、いまも木橋である板は、歩みわたれるもののように簡素に溝にわたされている。

ここへ来たのはきのうではなく、十年も幾十年もむかしのように思えるが、それもまたきのうのことのよう。

目にうつるものはみな目じるしとしてありながら、この石をあるところからべつのところへ、遠巻きに移しかえるのはなぜだろう。

白

田中神社の白孔雀は、それが白孔雀であるとわたしにわからなくても、金網小屋のなかにいてうごいていた。

はじめは小屋のうしろの樹や、前後のない小屋のつくり、餌箱や水桶、土床のひろがりがおしなべてみえていたが、

目をこらさず、このいきものにのみ目移りがするよううごかずにいると、白孔雀がくり返し一羽でいて、うごいていた。

わたしの目に焦点があり、それがこの一羽にじかにふれるとき、金網はつかの間すがたを消し、

孔雀はそのつどそとへ抜けいでて何も持たず、

ひきつづき土床のうえにいて白くうごいた。

ふたつの灯し火

ひとしい重さで、かたちやいろもおなじであるふたつ

の分銅が、この均一に平らかな古い机にいまはともに置かれてあり、ひとつがもうひとつよりより机に置かれてあるとは感じられず、

ひとつをえらび、もちかえる用をつかわされた生徒が近づいて、いずれかに片寄ることなくそこへ来ていると、分銅は窓からの光にべつの影をもちながらふたてに分かれていた。

窓のむこう、いましがた歩いてきた道にかぶさって柵ごしに高くかかるふたつの花は何だろう。枝からラッパのようにつり下がり、黄にひらいてそれぞれに真下をふくみもつのは。

岩のかたわら

ふたたびのぼり来てみれば、この岩のかたわらに一本の細く堅い木があり、はじめてそこへ来て、つやのある円い葉とつよくにおう小花を密につけた枝にかおを近づける。

以前おなじ岩にすわり、
谷のひろがりを眼下に大らかにながめたときに比べ、
この岩はわたしから離れてあり、
わたしはこの世にいてうごいてはいないのに、ゆき過ぎるときに光るあの家の瓦屋根のように、いまはべつの一面をそなえて平坦に光りかがやく。

木霊をもとめて

木とわたしのあいだには何もみえず、わたしがこの木に隔たりのあるところにいて見上げている間、まだつめたい空気のなかに枝がのびやかに張りだし、白い花をいくつもつけていた。

枝からたどりはじめて、目をだんだんとおろしてくるのにつれてみえてくる灰いろのほそい筋つきの幹は、それを枝につながるただ

一つの幹としてノートに写し、ひとところおり記録してふたたびたどりかえせば、花のない枝であるとわかる。

それはなにかべつの裸木の一端として、そこにあるかぎりの量で何もつけずにあり、目をおろしてくるのにつれて、灰いろの小さな模様をうつくしい気球のようにつけた幹があらわれる。

小さな商人

みずからをちゃん付けでよび、みなにもそうよばれて親しまれていたひとが、わたしの幼い日にときおりあらわれてひとつの店先に立ち、いわれた数だけのコロッケをザラ紙にくるみ輪ゴムを巻いてくれる。

ザラ紙にくるまず、輪ゴムをコロッケにじかに巻きかけることがあるとしても、それをその場でみてとり、みてとられたあやまりを声にだしながらくるみなおしてくれたが、カンちゃんの身うごきが均一に遅くあるとき、いく枚かの十円硬貨と入れ違いに手わたしてくれる包みは、わたしの手にあたたかく触れるまではカンちゃんの乗り物としてあり、遅くゆるやかにうごく。

明示

わたしはカンちゃんに「ほら、」と声をかけて、あの木の枝には鳥がいるといいながら一羽を指でさし示し、カンちゃんの視野にも指を入れておなじ鳥をさした。

家の軒にさえぎられて、わたしにみえるものがみえないために、小鳥が見つからずきょろきょろしはじめているのが、うごかないでいるカンちゃんであるとき、カンちゃんの手をとり、ついで体ごとひと続きにわたしの視野のなかへみちびき入れて、ふたたび「ほら、」とうながすと、かれはそれをみずからの声としてつかいこなし、枝にいちどきに現われたこの鳥を指さして、

「ほら、」

とおしえ示した。

初歩

よくなじみ、きかれればそらんじることのできる道で、
すでにひとりでに歩くことのできる道でも、
園舎からの帰りにひとに道をたずねれば、このひとは
そこに来ていてわたしの外に立ち、肩に頭を担うわたし
の知る道をあらためておしえてくれた。
ゆくときは右の雑木林に小さく一軒かぎりで立つ家が、
帰りには右に現われて、
家具やカーテンをもたず
崖上の
この小道とならぶ
二階にまで
高められてある部屋は
日を十全に容れてがらんどうにあかるく
日よりほか
中身があるとおもえなかった
彼岸と此岸にそれぞれかけ離れて設けられた木枠の窓
が
ひとつ同じ壁面にくりひろげられて隣りあう
ふたつの窓であるとみえるのは
どの家に住む
だれの部屋であるのだろう
おしえられたとおりに辿りかえれば、
ここを山場としてゆき過ぎ、以前みたことのあるわが
家が遠く、小さく現われる。

道であるもの

みずから歩くどの道をもわき道として歩くひとりの植
木職人が、まだ木である小さな枝をとり囲み、小刀をう
ごかすと枝はその場で離れた。
わたしがこのひとにつき従い、道をそれずにゆきつい
た谷あいのあかるい斜面には、それがいくつかの円く光
る葉をつけてこの木にあり、切り口をみせず、主に木で
あるものとしてゆれた。

希望

わたしが待ち、このひとが鳥籠から一羽の白い小鳥をだすときにわたしが命じられてかたわらにいる間、それはこのひとの手の甲に止まり、ついでふたたび同じところに止まって光のなかへひろがりでるよりも前、行くなかで退いて止り木に移る。

枝とともにゆれる葉はなぜそこを離れてもゆれやまず、途切れのない空気をひととおりにおりてくる道であるのだろう。一例としてそこにかけがえなく現われた鳥は、葉の下を啄みながらみずからの主力となって、いまも隙間なくうごくなぜ白い鳥なのだろう。

復元

小道のなかでわかれると間もなく、ともにいたひとの顔かたちがぼんやり曇りをおびながらうち解けて、半分くらいしか思い浮かばず、似ているがこのおなじ小道で、きょうふたたび会って、本人がそこにいて見えているのはこれほどにもうれしく、半分くらいがはつらつと思い浮かぶ。

ほとんど音のないところで折れているのは茎の途中で、そこより低く、蒲の穂がほぐれて綿毛となっているところへきてみると、それは折れていても丈のあるしなやかな茎とともに、水面ではゆるやかにうごく影としてうつり、そこからほど近くには、丈のあるべつの茎が折れることなくすこやかにいた。

高くかかげられた穂や、ときほぐされた綿毛とともにうごかずにあったが、ひとつながりにゆるやかである水面にうつり、
そこにうごくみずからの影と一体をなして、相前後することなくゆるみうごいた。

道のほとりで

ここに留まるだけでみえている池は、
雑木林の道を歩いてきて、
周りをめぐるしげみに狭く囲まれた水が木木のあいだから静かにみえてくると、すぐにそのほとりに降りて、しばらくはそこにいて去るまでの間、小さな全容を見おさめていることができる。
きたときの道には木木が陰をつくり、
ゆくさきにまであらかじめ濃く淡くつづいて、
ひとつひとつを歩み過ぎてゆくわたしの陰は、その上をゆくとも下をくぐるともなく、それらとおなじ道の高さにあって、
かろやかにゆき過ぎた。
きょうがひとつの日であるとして、
この日を割りあてられてここにきて留まれば、水がわずかな風に延べられてひろがり、
そこにうつる木木をゆるやかにうごかすのをながめながら、
いますぐにもこの池のほとりにいることができる。

ことばの庭

ふるくても壊されず、よくまもられてきた木造家屋がトタン塀のむこうにあり、あかるい声がきこえてくる。

塀沿いに歩いてきてトタンが開けひろげられるように尽きると、そこには三人の顔見知りのひとが日にあたりながら家屋に入らず、本人らと寸分違わずいて、立ち話

をしている。

遠目には、ひとりひとりが刻刻に変わる心をそらで述べながら、かわるがわるにたのしく話し、話しおえてもなお口がうごいているとみえる。

近づけばことばは口のうごきとともにあり、わたしもなぜそこに入り交じり、身心ともに立ち話をしないだろうか。

庭

庭いじりをしているひとがいまはこの庭にいて、どこをいじるかと問われれば、あの木の近くやこの草花とこたえる。
このひとがたまたま当のわたしであり、あの木の近くでなくこの草花にさわり、それが目のあたりに思い浮かんでいたり、
浮かばずにいても、
ここにいて身をかがめているところを離れずにいるかぎり、
このやわらかなひよこ草にふれ、うでのあるふたつの手と小さな花をつけた草が、たがいに場を変えてじかにふれあう。

枝をもつ李花

あるひとが草木の雑然としてある庭にきて、そこを何ももたずに歩いたり、歩かずにいてひとつの石をひろいあげるが、このひとがたまたまわたしであり、
すべすべと黒く、丸みのある石ころをひろいあげたときは、
繁みからひとつ浮きでている小さな花が、
石よりはるか上にゆれうごき、
それとはべつのところ、

べつのすがたで、

枝がゆれていた。

枝はそれが幹からのびてゆく先に、いましがた目にしたばかりの白い花をつけ、

石をもつわたしからすれば、

さきのひとはこの花にゆきつく途中、

石をひろいがてらこのおなじ花に立ち寄り、

ついで枝づたいにふたたびゆきついて、

そこに枝をもつ花を見上げている。

石のこの世

この石はひとよりもまえからこの世にあり、ながめていてあきることがない。思いがわいてくるでもなく、

みていてこの石でなしにみえることもない。

ここに石としてひろがり、

みえるもの、ふれうるものとしておおい隠されずにありながら、この石でないところではひろがらない。

にもかかわらずあきない。そして、思いがわいてこない。

不意の思い

ひとといてたのしく話したり、ひとりでいて草木や石や、そこに行きとどいてあるものをながめていて、

思われる。いまここにいての話したりやながめていたりが、いまここにいての話したりや、ながめていたりであるように。

小石の歌

小鳥かなにか、小さなもののためにかぶせられた土を小石がとり囲み、ゆるやかな四隅をつくりながらいびつに円く、

幾十と並べてあるところへでる道づたいにくると校舎裏があり、ふだん陰がちにある庭が、草花や、
実のりある木木や、つたない字で正しくしるされた草木の名札とともに照りわたり、金網ごしにみえる。
なじみあるこの場がつき当たりのようにあかるく、どこかべつのところにみえるのは、目にするものが目にするさなかにも、
うろ覚えにあるからと、ある日ひとりの子が声のでるままにきて金網のもとに石を並べ、いまひとりの子がいてともに並べる。
照りわたる地べたをおとなしく、おのおの拾い歩きで生きてゆくのにつれて、いびつに円く、途中のように。

分けへだてなく

この子どもはわたしと二人してしゃがみ、棒のさきを土にこすりつけて嗅ぐのではあっても、土にこすりつけて文字のようなものを
書き、書くあいだは書くだけのことをしていて、ときおりそれとは分けへだてなく、棒きれのさきを嗅いだ。
そこにいてしゃがんでいるわたしが、あるとき、棒きれに長さが現われているのをみてとり、
「棒きれの長さは、どこにどれだけあるでしょうか」
と問うと、かれは書くことから測ることへ移されたひととして、
おや指と人さし指で棒の端をつまみ、小さな深爪のついたこれらの指を、つまんだ端からべつの端へずらして歩ませながら、歩ませた

数をひとつふたつとつなぎ足した。
途中いくどか、指を棒きれからはなすことがあり、このときは、
棒のさきではなく指さきを嗅いだ。
棒きれはそのつど土にころがり、長さとともにうごかずにいた。

椅子

横木としてさしわたすにはこの棒はやや長く、それだけで測ればやや五十二・三センチであるとわかるのに、わたしはこの日、なぜ古い梯子からひとつの家具を造るためにこの世にいて、与えられたこの木を正確に測ろうとしていたのだろう。

カンナと同時に

きのう庭のなかほどにあり、日を浴びていたカンナのむらがりが今もそこに赫くあり、日をあかるく浴びているのは、わたしがいつどこにいて、何をしているからだろう。

カンナはきのうそこにあり、そこにあったところから今はそこにあるところまで、ある速さで至りついているのに。

それはきのうわたしがこの庭に立ち、カンナをはじめてみたときから、今ここへ来て、それをしゃがんでながめているところまでの速さに比べ、どのように等しく、どのように異なるのだろう。

トタンは錆びて

このままゆけばじき近づいてくる小屋は、
この小屋は、
むこうの林に浮く雲とおなじ大きさで、
手にとるようにあり、

ここからは雲とおなじ近さにあるかのよう。屋根は錆びて。
鳥のつよく細い赤脚が、藪からとび発つその鳥とともに現われて
トタンをいちどきり踏み、
そのかぎりの歩数を余すところなく歩いてとび発つ。
あれはきのうも気づいた葉のある木で、ここでは円くへりのある葉で照りはえて、きょうは小屋のおなじかたわらに根ざしている。

木や雲や小屋があり、
鳥はもうみえないが、

あぜ道とともにあるこの道をたのしくゆけば、先へゆくほど幅をせばめながら、ゆけばかならずおなじ道幅であるかのよう。

すみれ色の岩

そのときもいまも、ひとつ同じこととして一様に思いおこされるのは、
茂みをふみわける音とともに「あの岩や」と指で方角をうながすひとの声がすぐ近くできこえたのが、
道をわたしが先にふみわけてゆき、むこうの山の日に照る一角にそれがみとめられたとき、
「あの岩や」
と発した声が、うしろをにわかに振りむきよびかけた

ため、声が荷のようにおくれて、
わたしに近づいてきたからだろう。

べつの日に、この道にとおくつづく舗道をあるいていたときは、まだ児のきていない園舎の窓がわずかにあけられて、
カーテンがゆれていた。
窓のあるならびに朝日があたり、そこにゆれうごく白布のなかにこまかな陰や、
なだらかな丘のような陰をつくるのが、
それを見そめてからゆき過ぎるまでの間みえていてわかり、
カーテンのうごきにつれて陰がすがたを変えながらも、このときそこで目にした淡いすみれ色を保ちつづけていることとは、
そこをはなれてこの岩にふれるまでは思いおこされなかった。

低木

道をあるいてきて余所へゆかず、途中生け垣のあるところへでて黄の花をつけた枝にふれたときは、
一つある道からその一つをえらび、そこを行き来せずにうれしくあるいてきたが、
不意にふれてくる枝がやわらかくのびて、連翹が花をつけているところで、とりわけこの木に気づく。

知識

まだ幼く、ものを指折り数えることのないわたしが、おや指や人さし指や小指のちがいはわかるが、くすり指と中指はわからずいたとき、わたしよりひとまわり大きく、すでに学生になりかけている従兄がだれかの学生帽をかぶったなりで庭に来て、手に手をとってこうおしえてくれた。

中指の中はまん中の中であるから、ある指が中指であればそれはまん中にあり、りょうどなりにはひとしい数の指がついている。

くすり指はそのまん中の指と小指とにはさまれている。

どの指もそまつにすることのないよう、このことを忘れずにいてながめていれば、はじめに中指、ついで小指が見つかり、しだいにくすり指があらわれる。

なれるにしたがいこれらが順不同であらわれたり、同時に見分けられるようになり、そうなれば中指のところには中指、くすり指のところにはくすり指がついている。

アジサイを迎えに

妹はこの花の名をおそわり、口のあるところまでは歩みうごいて声にうつそうとすれば、まだ名のりでることのない声であっても、いまは木のベンチにすわり、花壇から小道をへだてて身うごきしているところから、空中にひとり歩みでる。

アのような声がでかけたならそれだけでよろこびであるものが、アとなりかけたりエとなり、アとエの半ばである音がだんだんアとなり、アが何と何の半ばであるかにかかわらず、アとして空気中に歩みでると、口もとから輪をなしてゆるやかにひろがる。

棚

つい今しがた妹が棚からとりだした皿は、妹がきのうとりだして食卓に並べたもの。きのうとりだしたその皿が、きのうより前にも並べられ、
じきに片づけられていたように。
赤絵のついたこれらの皿は、素手で二枚に分けられて、それぞれ豆と菜っ葉がおかれたが、それはきのうおかれたのではなしに、食うために妹がみずから作り、
今またおなじふるまいで棚をさがし、そこからとりだして並べた皿に、妹があらたにおいたもの。

二羽

どこに住むかはわからず、どこからか二つ足でペダルを踏みこぐように歩み現われては、何かこまかくきれぎれである音をくり返しとなえて近隣をめぐりうごいた。

このひとが止まり、そのつどひらかれるひとつの戸口で握り飯を与えられるのと同じく、わたしもまた与えられたお古にまたがり、二つ足でペダルを踏めば、この体は地上を静かにうごきはじめた。

たて笛のかすれ声とともにひとが道に来て、ランドセルを小屋に仕立てなおしたものをかつぎ現われるとき、吹かれるものはわずかそれのみであることが、日にあかるくみてとれる。

たて笛はいくつかの指とただひとつの口に分けられて、こまかく支えられており、つよく吹きならされず、単音が起伏にそいながらそのつど歩かれるようにして、ほがらかにつまずき出る。

演習

いつかみた夢に、

「この括弧内の文には何が書かれてあるか、それを説明してみよ」

という文があらわれて、それをわたしが夢でみずから述べ、書きとり、説明しようとして、

「いまここに書きとられたこの文には何が書かれてあるか、それをわかりやすく述べてみよとこの文には書かれてある」

といい表わした。

それは説明のつもりでいて、原文に明らかに示されてあることのおよそのくり返しにほかならず、

きょう、この夢を思いおこし、夢とおなじふるまいで窓辺の机にすわってこの文を述べ、書きとり、説明しなおしていると、おなじくり返しでしなおされており、この窓からは、やはりむこうの丘にあたり一面をもつ木が

ながめられて、その場で風にゆれた。

薄にそいながら

ここにある薄は、道にそいながらふれてくるほど親しくつづき、ここではゆれているとみえず、遠くのあたりではゆれている。

しばらくここにいて、ゆれずにいるとみえるこの薄は、このままおなじ道をあるけば身近にいたりつくあの薄が、いまも目にみえて遠くそこかぎりでゆれているように、ながめていればゆれており、ここからは、おしなべてこの薄とあの薄でゆれる。

鏡

鳩がきて枝の中に入り、そこからきて細い枝をくわえてもどると柵にとまり、枝に入るが、わたしがこの目でみたのは、あるとき、初めから細い枝をくわえた鳩がやってきて、枝の中に入り、それをくわえでてきて柵にとまり、ふたたび枝に入っていったすがたではないだろうか。

鳩は枝の中にいてすがたがみえず、うごかずにいれば音をたてることなくいて、いるとはわからない。うごかず枝ごとゆれうごいていると思えても、あきらかにいるとはわからず、いつかどこからか細い枝をくわえとんできて、鳩のいることを今なおわたしが信じてうたがわない枝のしげみに入る。

ひとつの時の中の前後

赤壁とこの木のあいだを鳥がとびながらきて、うでをひろげてもひとが壁と木にふれることのないこの道をゆきすぎていったのは、道の上に空気がもれなく満ちていたからではないだろうか。

壁ぞいに歩いてきたわたしがこの木のかたわらに立ち、ひとつの小石をひろいあげて中身ごと放り、それが壁に付着せず、石としてかろやかに離れころがるのを通りすがりにみたのは。

空気をながめて

空気をながめているときのものの感じられ方は、石ころがちではあるが草がところどころあかるく開き示された道にしゃがみ、あるとき空気をながめていて、それを外からながめているとも、内からながめているとも感じられる。

門

空気入れは、
それが道具箱から半ば突きでているところが古い木箱の外にあるだけで、自転車のためにあるとわかり、
そこから庭のひろがりをよこぎれば離れの物置へとつながる、
素朴で低い門の前に収められていた。
あるときわたしが池のへりにしゃがみ、水に木切れをさし入れてそれを折り曲げてあそんでいたときとは異なり、
箱にさし入れられたこの空気入れが折れ曲がってはいなくても、そこに近づいてともにうごき働けば、タイヤはだれかれのものともなく膨らんだ。
この家のひとで、物置とおなじ棟に住むひとが麦藁帽をかぶり、まゆをまぶしくひそめながら自転車にまたがって、
踏み固められた土の道を遠くこの棟からきていたのは、

わたしがこの子に初めて会いにきたからではないだろうか。
くつを与えられた足がペダルをゆるやかに回すだけであるのに、それはすぐに親しく門に迫り、
ときおり地にあたって空回りをするだけで、もはや用をなさない補助輪を左右に羽のようにつけて近づいてくるのを、
わたしは表のあかるいなかにいて目前で起きていることとして、推し量ることができた。

藁

納屋のあたりに踏み固められた黒土がひろがり、
このひろがりが日に隈無くあかるくあるためにそこが表であるとわかるところには、
いくつと数えられる藁が、おのおのの陰とおなじすがたかたちで地にまぶしくこぼれ落ちていた。杭を打ち入れてあるだけの素朴で低い門からもそれが遠くたしかめられ、
門を入り、
高みと低みをもたない固く平らかな土のうえを歩いて、そのままで藁のほうへゆけば、
みわたすかぎり、
このいくつかの光る藁だけでみえているときがおとずれる。
いましがた門のそとにいて、遠く真横からながめられたものが、ここではとらえ直されて、
いまもなぜ変わらぬすがたで真下にみおろされるのだろう。
ここをゆき過ぎるとまもなく、
納屋や、鶏や、色とりどりの植え込みや、だれそれの家屋など、それらがさしあたり藁とはかかわりなく、隈無くみえはじめる。

明示と暗示

窓のそとにほそながく、しずかにゆれている枝は、ながめていてあきることがなく、何かそこにゆれうごくものが枝であることが、枝ということばとともに思いおこされる。

この何かはなにものにもさえぎられず、目にみえているかぎりのことがただ目の前に示しだされており、示しだされたものによってそれが枝とよばれるものであると思いおこされる。

思いおこされよみがえることばである枝は、目の前にゆれうごく当の何かとともにあり、それを暗にさし示し、明らかにさし示しているのではないだろうか。

日の移ろい

ともにゆれているいくつかの枝が、そのいくつかに分かれて風にうごき、うごきにあわせてゆれるあたりには、葉をしげらせたどの枝にも日があたり、どの枝についていて、

まだ枯れない葉にも、そこからそこまでがこの木であるところで乾いた陰日なたをつくり、いまもこの世にあまねくひろがる日が、そこでは葉の数に分かれておのおののゆれうごく。

彼岸と此岸

入れ違いに来たわけではないが、鷺池の上を歩きわたり、木橋のつきたところからほとりの木陰沿いに来てすわった古いベンチからは、合歓の木がすでにむこう岸にまわり来ていて、淡くやわらかな花をいましがた見上げていたときより赤く、多めにつけていた。

一羽の大鳥がのびやかにとんで来て羽をたたみ、やがてこの木に白くたて長にとまると周りをゆらさず、つねにひとつのしぐさから説き起こしてうごきながら、うごきにあわせて羽繕いをしては甘くよい匂いのする花木にとどまるほか、何をするとも思えなかった。

冬の日

硝子窓から日がさしこみ、その日、あたためられて空気がうごくのにつれて、カーテンの裾がひとのいるようにうごき、光のなかにひとつの埃が浮きあがる。

たとえ小さく、目にみえるものでも、あかるいなかに五色に光りながら現われて、浮いたままゆるやかにうごくこのすがたは、目をとじてまなうらにうつる雲が、目をあけるとべつの大きさ、べつのかたちでひくくうごき、むこうの谷の中腹にある一軒家からみれば遠く、日のあたる斜面にいるひとがそこにねころんで雲をながめているかのよう。

希望

山すその道を歩いてあるところに目をむけたときは、低い電線にキジバトがとまり、すぐまたとぶのがみえた。とまるとともにとび離れて電線がうごき、いまもゆれているのがみえる。

キジバトはもういなくても、いままではそこにいていまは離れたからゆれているとわかり、またたとえキジバトがいたとは知らず、電線だけでゆれうごいているとしても、風のためではなく、何かにつよく触れられたとわかる。

晴れた日にたまたま電線があり、ゆれているならば、何があったからゆれているのかといぶかり、これから何がおきるのかとはなぜ思わないのだろう。

これからゆれ止むのにすぎないとしても。

ひとつでうごかずに浮く雲

さきほどから空に浮かび、ひとつでうごかずに浮くちぎれ雲は、いつかどこかでみた雲のよう。

それはいつのことかと問われたなら、こうしていま岩陰にすわりながめているのは、さきの雲からのつづきのよう。

それはどこでのことかと問われたなら、ここよりほかにどうしてどこかであるだろう。岩陰の花は、岩のすみれ色にさいて。


（原文は三十字詰、『明示と暗示』二〇一〇年思潮社刊）

拾遺詩篇

貝

おれには背中が二つある　前と後ろに
みんなはおれに呼びかける　背後のものかげから
ときにはおれに追いついて話しかけることだってある
おれをのぞきこみ　顔ではなく
後頭部から　さようならと
おれは進歩しない
すすみながらすすみながら　帰ってゆくばかり
おれはひとりぼっち
ちいさな木陰でつつましく

働き食いかつ眠り　いつもひとりで呼びかける
遠のいてゆく　おれ自身にむかって

おれには背中が二つある　前と後ろに
雑踏《まち》は　にぎやかで　退屈だ

おれは丘にのぼり　空をみる
土のにおいをかぐ
欠伸をする

眠れぬ夜があったところで　どうして
寝返りなど打つものかい
打ってもうってもかわりばえがしないのだこのおれは

おれはいつも　うつぶせで寝る　あおむきながら

（「詩学」一九九〇年二月）

軽くなるために

蠅が死んだ
ぼくの小さな額のうえで
死ぬとき蠅はすこしばかり軽くなった
ぼくは額をほり　蠅をうめた
ふかくふかく　肥料《こやし》のように
するとうっとり　ぼくは重くなっていった

（「詩学」一九九一年十二月）

声

あはははは
と
笑う
あははははは
と
数えられる

声
かたい莢につめて。青青と
かたい歯並みのうねうねを
畝畝のひろがりを
遠ざかる
うつくしい
初夏。うつくしい
声。くっきりと
景色はあはははははは
を
すいこんで
遠く、
遠く、
うしろすがたで
すいこんでわたしはその日。青青と
うつくしい
棒
を
なくす

（「詩学」一九九五年五月）

白

白くふわふわしたものをくわえるか
はきだすかして
遠くからちかづいてきた
わたしがお堂のうらにかくれていると
行商のひとは白くふわふわした
顔くらいのものをはきだすか
くわえるかして道にかがみ
わたしの取りおとした穂をひろっていった
旧街道をそれて先まわりをしたのに
行商のひとはすでに
校門からはずれたところで
ふろしきを白くひろげて子らをむらがらせており
ふわふわしたものはみあたらず
わたしも子らにまじってふろしきの
色いろのビー玉をえらんでいるあいだ
股間のあたりから
わたしの取りおとした穂にそっくりの

指をだしてはゆったり
吹かし
吹かしてはくわえるか
はきだすかしてわたしや子らの
中を
圧しひろげた

（「現代詩手帖」一九九八年五月）

石のこの世

石をなげてやればどこかに当たり
ころがっている。
当たったところに当たり
ひっつくことがない。
ひっつけてやれば
うろ覚えでひっついている。
じき離れてそれでもう
ひっつかない。

（詩画集『石のこの世』二〇〇二年喜多ギャラリー刊）

私はなんとなく小さい

メダカが三匹。大中小――
メッちゃん
ダッちゃん
カッちゃん　とよんでいる。
水草の　藻　をつついている。
カッちゃん　は　大きくなり
ダッちゃん　に　なりつつある。
じきみな　メッちゃん　である。
昼――
ご飯を　一人　食べている。
ご飯は　箸の　先にのっかって
近づいてきては　食べられている。
食べているのは自分であり
それはこのごろなんとなく小さい。
そして　カッちゃんらより
なんとなく　大きい。

（詩画集『石のこの世』二〇〇二年喜多ギャラリー刊）

具現

具現

そこへゆきたいとは思わず
麓から遠くあおぎみるだけでいた家は
来てみれば
ふだん麓の家家とともにあり
色褪せた朱い瓦屋根を横たえたなじみある平屋が
ここではまだひとの住む
もうひとつの
なつかしい空家としてあるかのよう

庭のひとつの木で
その日はじめてそこで揺れるものを見たと
帰ってみなに親しく語ることのできる果実は
この木ひとつから集まってきて
枝先にいくつか玉をなすそれら夏蜜柑のちがう高さをもち
日にあかるく
静かに揺れているだけであるのに
きょうはじめて揺れているものに見える

具現

近くわが身に起こり
その何であるかをじかに知りえない不安から
道をかろやかにのぼり来るときも
歩みとともに不安はふくらみ
それは道なりにゆるやかに成就されてゆくと思える

見上げることなしには見えない
木の枝について揺れている実とおなじ見かけ
おなじ内実をともなう振り子とは
いまここに見上げていて枝について揺れる
あの果実のことではないだろうか

（「現代詩手帖」二〇一三年六月）

散文

後書二つ

『リアル日和』

八つか九つの頃、瞬きが気になり、ひとたび気になると、目を見ひらいていたり、瞬きすぎたりして、ぎこちなくなるということがあった。意識しなくなるとともに症状は消えたが、このような話をすると、そういえば膝をうつ者もいて、歩きながら手足がもつれたとか、呼吸にむらが生じたとか、部位はちがうがいろいろあるのを聞いていると、それほどおかしなことでもないのかもしれない。意識されてはじめて体が体になるならば、体が体であることから放たれるには、意識から放たれていなければならないということであろうか。

詩が在るかないかはわからないけれど、詩であると思われるものをことばにしたものを「詩」と呼んでみるなら、詩であると思うときにはすでに意識が働いていて、詩であると思われるものを「詩」にしてゆく作業にも意識が働いているから、詩が「詩」になってゆくには、二重の意識が働くことになり、「詩」は、二重に詩を隠しているともいえようか。

「詩」がたのしいのは、文字として固められた「詩」がぎこちない瞬きと似ていながらも、「詩」にしてゆく作業自体は、「詩」になりつつ詩へかえろうとする、背きあう運動としてあるからかもしれない。見ひらいたり、瞬きすぎたりしながら。

『空気集め』

素粒子ひとつの極小と、果てのない極大とのあいだに、空気を充満させてみる。物の理としてはかなうまいが、心象としてならたやすいだろう。この世にかぎりあるならば、それはふたつの極にはさまれたふわふわした幅のようなものであろうか。身のおきどころとはいうけれど、身もこの世にあるのなら、ふわふわしたなかに宿命されてはまた解かれてゆくのだろう。この世に身をおきながら、身にこの世をおいてみることはたやすいであろうか。身のなかのこの世からふわふわ漂いでるものを掬いとれたなら、どんなにおもしろいだろう。身のうちそとに空気を充満させて。

『昼のふくらみ』

昼のあかるみのなか、目をひらいたまま壁や塀づたいに手さぐりであるいてみると、見えているのになにも見えていないように感じられてくる。子どものころはそれが妙で、ふと思いだしたようにそんな遊びをしていたものである。仕草が感覚をあざむいているのに過ぎないが、ものみなくまなく見えてあかるく澄みわたる光景に、なにも見えていないという空虚が重なると、この世が在るようでないような、ないようで在るような、奥行きのある平面といったものにも思われてくる。

あらいざらい話したあとで、じゃ、お話をうかがいましょうかといわれたなら、話すことはもう何もないはずなのに、はて、もしやまだ言い残していたことがあったかなとさがしはじめる。ないはずのものをあれこれさがすうちに、空虚が空虚のままにふくらんでくるようで不安になる。言い残しがなかったともいえない。

昼のあかるみは、ふくらみがあるようでなく、ないようであるような、そんなものであるかもしれない。

詩との巡りあわせ

詩を書くひとの中には、詩作をしつつ先人や今のひとからも学ぶことで詩学を深め、これまでにないものをこしらえて詩にあらたな頁を切り拓こうとしているひとがいるかもしれない。自分はどちらかといえば知識欲に乏しく、本にあまり親しまずにきたばかりか、ひとととの交流もなくきたので詩を磨きあうこともなかった。

中学生の頃、まわりが参考書をそろえるのでつられてそろえたことがあるが、読むつもりがないのだから中身も確かめずにそろえていたのではなかろうか。山吹色のうつくしい表紙に魅かれて買った『英文法解説』（江川泰一郎著・金子書房）は、大学に入る頃ようやく役立ったので無駄にはならなかったものの、その頃には山吹もとうに色褪せていた。思潮社の現代詩文庫は、ぽつぽつ買うのがめんどうで全巻そろえてみたが、読みとおしたのは天野忠くらいだろうか。

詩をすすんで読みはじめたのは十八、九の頃、『現代詩歌集』（日本文学全集第二九巻・一九六六年・河出書房刊・四八〇円）を家の書棚に見つけたのが発端で、これには詩・短歌・俳句と並べられ、二段組みで四五〇頁余り、詩は北原白秋『思ひ出』、高村光太郎『道程』、萩原朔太郎『月に吠える』が全作紹介されたあとに二十五名の作品が幾篇かずつ収められている。あらためて手にしてみるとすべてを読んだ覚えはなく、朔太郎や伊東静雄や田中冬二がとりわけなつかしい。

伊東静雄にはとくに魅かれ、詩集をもとめて「わがひとに與ふる哀歌」などを口ずさんだ。「太陽は美しく輝き／あるひは　太陽の美しく輝くことを希ひ／手をかたくくみあはせ／しづかに私たちは歩いて行つた」にはじまるこの詩のあかるく乾いた空虚感は、青春のただ中にあって実相の非実相とでも呼ばれるような世界をつよく希求する年頃のものには訴えるところがあり、今読みかえしても瑞々しいが、青春をすぎてから出会っていたならこれほどつよい印象を残したかどうか。これに対して田中冬二のつぎのような詩は、今も昔も、印象が変わらないのはどういうわけだろう。

春

すぺいんささげの鉢を
外へだしてねてもよい頃となりました

今夜から明日の朝へかけて
太平洋の沿岸は
暖い雨になるだらうと
海洋測候所は報じてゐます

抒情のはげしさがない分、訴えるところはおとなしく、古くから使われてきた器の質素なうつくしさのようなものが感じられる。淡いものはひとにつよく働きかけることがないかわりに、淡いなりにいつでもこちらを受け入れてくれる度量があるのだろうか。読んでいるとほのかな安らいのようなものが湧いてきて、人間というものがつつましく赦されている心地さえする。この詩は今もときおり引き出しから出しては眺めてみる。

十八、九でこれらの詩に出会ったものの、それから詩を読むことはほとんどなくなって十年余りをへた三十代の半ば、古本屋で福田和夫の詩集『美しさとさみしさ』をたまたま手にしたのが、今の時代に書かれている詩に触れはじめた頃の巡りあわせのひとつだった。

頰くらいの空気

語ろうとすることに
たまには
頰の空気をつかわない
頰くらいの空気で
ひとは生きている
とおもわれてくるから

(そして
言葉を持つことはなかつた
さまざまな生物も
頰くらいの空気で
生きていることが

そこに流れているから）

店頭でこの詩を見たときはおどろき、わからないのに何かがじかに通じてくる心地がした。わかるわからないとは別のところでひとすじ流れているものがふしぎなよろこびで通じてくるのだが、いざその正体はとなるととらえようがない――そのような微妙なところをこの詩はうまく掬いとっているなあと今も感心している。抒情のやわらかさに理知が奥ゆきをあたえているとともに隠喩のほしいままになるのを避けているところなど、抑制というよりは、節度のしなやかさを感じた。

ひとつの哀感がすみずみまでかろやかに晴れわたるかのような文倉隆子の詩集『酸素31』に出会ったのがそれから数年後の一九九四年、さらにその翌年には、「肉」体をとおして知覚されたことがらや風景がその知覚されたままに「霊」として目の前に照らしだされているかのような江代充の『白V字　セルの小径』に出会っている。そしてこのふたりの詩も、やはりたまたま立ち寄った書店でたまたま手にしたとき、歩いてゆく道なかでの忘れがたい出来事として巡りあわせたのである。

（「週刊読書人」一九九八年八月七日）

「ふてないで」の頃

四十数年前の絵本がまだ手もとにあり、表紙にマジックインキの太く幼い字で、「ふてないで」と書いてある。書いたあとで間違いをおしえられたものか、その下にひとまわり大きく、今度は「すてないで」とやはり太く、念押しのように書いてある。

小学校に上がってはじめての夏に押し花をした覚えがあるから、アサガオかツユクサか、なにか身近なものを見つけてきてそこに押しはさみ、捨てられてはこまるとの思いでまずは「ふてないで」と書いたのだろう。その頃の私は「すてる」を「ふてる」といっていたのだろうか。口では「す」といいながら、文字となると「ふ」にすり替わるようなことが起きていたのだろうか。

真夏の真昼どきは、ものみなしんと静まりかえっている印象があり、実際はセミがはげしくないているのに、そのはげしさには、なにかが一途に根をつめている静けさが感じられる。そのような中に身をおいて原っぱにしゃがみ、黄いろの花を見ていたのはいつのことだろう。原っぱがそこらじゅうにあった頃のことだから、これもずいぶん昔のことにちがいない。

しんしんとあかるいいばかりの草むらにしゃがみ、子どものこぶしほどもない花の黄を見つめていると、見つめている顔と花の寸法がだんだんと同じであるように感じられてきて、花と顔がたがいに嵌めこまれてひとつに合致しているような心地がした。

「す」という音が「す」という文字とはひとつに結ばれず、いつのまにか「ふ」にすり替わっていることもあれば、ときには花と顔が、思いもよらぬ親和力で結ばれる。そのような至福にも似たでたらめさが、子どもの頃にはあったようである。

ひらがなを手本どおりに練習しているつもりでも、綴りおえたら一八〇度ひっくり返った鏡文字になっていたり、右むけ右といわれれば左にむいている。そのどれもこれもが、「ふてないで」の頃のことにちがいない。

(「読売新聞」二〇〇六年八月三日)

道

道は妙なものに思える。初めてひとりで歩きだしたときから今ここに足があるところまで、足跡をつなげればどれほどの道のりになるだろう。複雑に歩かれた道でも、それが途切れなくあるかぎりは一筆書きで描けてしまう。この世の道を歩いてどこかを通りすぎることはあっても、この世そのものをすぎることはない。この世という大枠の中でどこかを通りすぎるとき、何をすぎているのだろう。

（「東京新聞」二〇一〇年十月三十日）

明示法について

ある文によって暗示されることがらがすでにその文に明示されている――そのような文があるだろうか。ゆれている枝によってよびおこされるものが、ほかでもないそのゆれている枝であるように。

枝が風にゆれるのをながめていて、倦きないのはなぜだろうか。ゆれる枝からそれとはべつの何かを思い浮かべたり思い出したりするのではなく、目にうつる枝のゆれだけが心にうつり、それだけで倦きないのは不思議に思える。ゆれる枝はかぎられた広がりのなかにあり、その枠から出てゆかない。出てゆかずそこに停滞し、くり返しゆれている。たたずんだままそれをながめているわたしも、そこに停まりながめていて倦きることがなく、そのかぎりではそこに生き生きと停滞している。

この枝は何を暗示しているだろうか。そう問われたなら、それみずからを暗示していると答えてみたい。なぜなら、このゆれる枝をながめていてそこから何かが暗示されて思い浮かぶように感じられたとして、にもかかわらずそれが何であるのかがわからず、しばらくしてふとそれがほかでもない当のゆれる枝のことだったと気づくことはあるからである。さがしものが目の前にあって見えていながら、それをさがす本人がつかの間じぶんが何をさがしているのかわからなくなり、にもかかわらずそれに目が止まりながめているうちにそれこそがさがしものであったと気づくことがあるように。

ゆれる枝のもとにたたずんでそれを倦かずにながめていれば、今のところわたしにはこのゆれる枝が見えていて、このゆれる枝が心にうつり、それのみが思い浮かんでいるのではなかろうか。目の前のその枝がゆれているのと同じところに。そしてその思い浮かんでいるものは今そこにあってゆれている枝であることがはっきり見えているかぎりにおいて、目の前にすでに明示されていたものなのである。

昔、九死に一生を得るほどの大病をしたひとからこんな話を聞いた。このひとは退院後にはじめてそとを歩き、生きていることのよろこびに胸をいっぱいにして公園の花壇にさしかかったとき、そこに赤いツツジを見る。それは以前から毎年目にしていたものでありながら、このときはそれまで目にしたことのない赤さで咲いており、「この世ならぬものに見えた」というのである。

このひとは何を見たのだろうか。このひとには赤いツツジが見えていて、それが赤いツツジだとはっきりわかるあり方で目の前に示されていたのだから、その赤いツツジが明示されていたのにはちがいない。しかしそれは以前からなじんでいたツツジではなく「この世ならぬもの」に見えたのだから、このときはそれがこのひとには「この世ならぬもの」であることを暗示していたのだと考えてみよう。そしてその暗示されていたことをこのひとは目の前のツツジにおいてわれ知らず読みとったのだとしてみよう。そうすると、その暗示された「この世ならぬもの」とはどこにある何であるのだろう。それは、このひとの目の前にあって明示されている赤いツツジにほかならないのではなかろうか。なぜなら、その「この世ならぬもの」とはどこにある何かと問われれば、このひとはそのなじみある赤いツツジを指さすほかないからである。

このひとの体験はふつうではないにしても、ふだん見なれているものが——なじみある家並みや看板、書きなれている文字などが——あるときふとちがって見えることはある。見なれているものが、そのときはそのちがうすがたを暗示したかのように。しかし、そのちがうすがたとはどこにある何かといえば、やはり目の前にあって見えているそれらなじみあるものをおいてないであろう。そうであれば、ゆれている枝が何かを暗示すると感じられながらも、その何かとは目の前にすでに明示されてゆれている当の枝であるという体験も、それほどめずらしいことではないかもしれない。

では、そのような体験はどのように記述されるだろうか。それを通常の説明や描写ではなしに記述するあり方があるとして、ここではそのひとつを仮に明示法とよぶとしよう。

すると、明示法は観念や空想にかかわるよりは、枝のゆれがながめられているときのながめや音や風の匂いや感触など、まずはそのように目や耳や鼻や皮膚などの五官で知覚されることがらにかかわり、ほとんど誰にも明らかであるようなことがらを扱うので、明示法の文では、

(1)五官によって知覚されることがらが主な素材となり、

(2)その文によってどのようなことがらが指し示されているのか、それが読者にわかるように明示される。

また、先のツツジが「この世ならぬもの」であることを暗示しながらも、暗示された「この世ならぬもの」は現にこの世にあって目の前に明示されているふだんのツツジのことであったのと同様、ゆれる枝によって何かが暗示されると感じられながらも、その何かとはすでに明示されている当のゆれる枝だというのだから、そのような特殊な明示と暗示のあり方が、文のあり方そのものとなっていればよい。すなわち、

(3)その文によって暗示されることがらが、すでにその文に明示されている。

この単純な原理を明示法の三つめの条件としよう。

たとえば、

「枝が風にうごき、そのうごきにあわせてゆれる」

という文は、枝が「うごき」「ゆれる」と明示されていて、枝が風にゆれうごく様がすぐに思い浮かぶので、(1)(2)の条件を満たしている。しかし、「うごきにあわせてゆれる」とはどのように「うごき」「ゆれる」ことだろうか。拍子にあわせて歌うというように、ふつう「AにあわせてBをする」というとき、AとBにはべつのものが当てはまる。したがって、この文に「うごきにあわせてゆれる」とあるのは、「うごき」と「ゆれ」がべつものであることを暗示している。では、「ゆれ」とはべつのその「うごき」とは何だろうか。枝が風に「うごく」とはそれが「ゆれる」ことであり、枝が風に「ゆれる」とはそれが「うごく」ことであろう。そうであれば、この文での「うごき」も「ゆれ」もひとつ同じことがらを表わしているはずだから、条件(3)にあるように、一見「ゆれ」とはべつのものであるかのように暗示されている「うごき」とは、じつは文中に明示されている「ゆれ」であるのにほかならない。この文が妙であるのは、「そのうごきにあわせてゆれる」という記述によって「ゆれ」とはべつの「うごき」があるかのように暗示されるために、読者の注意がうながされてそのべつの「うごき」とは何であるかを考えたり推量したりしようとして発動するが、結局のところ、その何かはすでに文中に明示されている「ゆれ」のことだとわかるという遠まわりな気づき方にあるといえよう。

　しかし、「うごき」と「ゆれ」がひとつ同じことだとわかり、この文の表わしていることが結局は「枝が風にゆれうごく」ことにすぎないというひとつ所に落ち着いたとしても、「そのうごきにあわせてゆれる」という妙な記述があるかぎりは、この「うごき」が「ゆれ」とはべつの何かであることが依然として暗示されつづける。そして何かが暗示されるかぎり、その何かをさがしもとめて注意はうごき、はたらきつづける。

　この文を読み、それが表わしていることがらを思い浮かべようとするとき、読者の注意はこの文が単に「枝が風にゆれうごく」ことを表わしているのだとわかり、そのようなひとつ所に落ち着くにもかかわらず、この妙な記述があるかぎりは暗示された何かを読み解こうとするはたらきが発動したままであるために、その何かをさがそうとして落ち着くことがない。一方、実際に枝がゆれるのを倦かずながめているときのまなざしやその注意のあり方も、枝というひとつ所に落ち着いてそれにつきしたがいながらも、その枝のゆれうごきにつれてたえずうごいているので落ち着くことがない。したがって、「枝が風にうごき、そのうごきにあわせてゆれる」という文を読むときの注意のあり方は、まさにその文のなかで述べられている枝を実際にながめているときの注意のあり方をしており、この文は、ゆれる枝をながめているときのあり方を説明したり描写したりしているというよりは、この文そのものがそのあり方をしているといえよう。

ツツジがふだんとちがう感じをともなってながめられながらも、それはやはりふだんのツツジであるとわかり、にもかかわらずそのふだんのツツジであるということが不思議なこととして感じられる。枝から何かが感じられるようでありながらその何かとは当の枝であるのにすぎず、そのことだけで枝がいつまでもゆれていて倦かずながめられる。明示法は、そのように目の前に明示されているものが、そこから暗示される何かをへてようやくその明示されているものそのものであることがわかるという遠まわりな体験——いわば、暗示されたものをさがして注意が生き生きとはたらきながらも、結局ははじめからしまいまでその明示されているひとつ所に停まっているのにすぎないという、そのような生き生きとした停滞の体験を記述するひとつのことばの運動であるといってよいであろう。

それは赤いツツジやゆれる枝の例に示されるように、説明すればなんでもないことがらが、明示と暗示の特殊なはたらきによって、わかるようでわからないような、ひとつ所に落ち着きながら落ち着かずにいるような、奇妙な背理の印象を与える。しかし、説明以前の体験とは、そのようなものではないだろうか。

(「現代詩手帖」二〇一〇年六、七月号)

うごきうごかぬもの

草木は静かにゆれているときもあれば、風のあり方ひとつでうねりだし、かと思えばぱったり止んだなりうごかず、そのうちまた静かにゆれている。小草のようなものでも、そのうごいたりやうごかずにいたりは刻一刻同じでない。

去年の秋ベランダの鉢に撒いたレンゲソウはついこの前まで双葉でいたが、日があたたまるにつれて五、六センチ、大きいものは十センチくらいにのびている。レンゲソウを押し分けて繁りでてきたハコベ、それからこれはイネ科らしいひょろ長いものも一、二本、二、三本とかたまって生えており、それらがひとつ鉢の中、風のあるなしでうごいたり、うごかずにいる。

この冬は、奈良の松伯美術館で徳岡神泉（一八九六～一九七二）の絵をはじめてみた。

館内は平日でひとも少なく、しんと鎮もるように静かななかで一つ一つの絵をゆっくりながめることができた。

なかでも、大小ふたつの石が浮かぶ池に雨滴が三つ、小さな輪をひろげているだけの「雨」は六十八歳の作で、具象から抽象をへてふたたび具象へかえりついたかの単純さのなかにほのあかるく、円満に沁みわたるものがあり、いくどもそこへ戻ってながめた。

その十年前の大作「流れ」も忘れがたく、いちめん赤錆いろにひろがる枯野に、川らしきものが真横にひとすじ青冥く流れているばかりの景色になんとも心ひかれた。

神泉はこの絵について、「釣りの帰り、日暮れていつも通る嵐山の方の細い流れです。冬枯れて赤褐色になった草むらを、一条の川が青銀色に光って見えます。ゆるやかに、流れるでもなく流れていて……」と書いている。「流れるでもなく流れていて」とあるので、川は一見流れずにいるようでありながら、左から右へか、右から左へか、どちらかに流れているのだろう。ところがそう思ってながめていてもそうは感じられず、このひとすじの青いものが川だとはわかるが、ではそれがどちらに流れているかといわれれば、どちらともいえない。そればかりか、流れているようでいないような、流れながら流れずにもいるようなつじつまの合わない流れが、みているうちにこちらの心にも流れているのである。

神泉は、これを「永遠の流れです」とも書いている。

ふだんはただの流れにすぎないものが、ある日あるとき、神泉の心の目には永遠の流れにみえたのだとして、はたしてそれは流れつつ流れぬものとしてみえたのかどうか。「永遠」ということばにはつじつまの合わないものがふくまれているように思える。

　六角形を紙に描いてながめていれば、そこには六角形がみえているが、むかいあう頂点に対角線をひいてみると、六角形にみえていたのがふと立方体になって立ちあがり、それがまた六角形にもどり、また立方体にみえたりする。

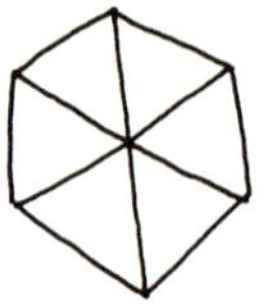

　壁のしみがいろいろにみえてくるのと同じく、ひとつ同じものとしてそこにうごかずにある図形が、見え方としては六角形から立方体へ、立方体から六角形へとうごくのは、目は一カ所をみていながらたえず目移りがしているかのようで、うごかないもののなかにうごきを生みだす知覚の複雑なはたらきが感じられる。
「永遠の流れ」があるのなら、それもまたこのように妙な流れ方をしているだろうか。うごいていない図がひとの目にはうごいてみえることがあるのと同様、この世に流れているとみえるものも、もとをただせば流れていないというように。といって、それはたしかにそこに流れている現実のながめなのだから、近づいていって指を入れてみれば、水はふだんと変わりなく流れている。
　寒のおわり、二月二日の今朝は暖冬にはめずらしく雪が少しばかり。昼にはおだやかに晴れて、さきほど雪が降ったとは思えないくらいにあたたかい。
　このあたたかさは、空気につめたさの芯を残しながらも、日はしだいにあかるくのびのびとしてくるような、立春の頃特有のぬくさだが、地球がおかしなあたたまり方をするにつれて春がだんだんと早まり、今年は季節がいつもより二、三週は早くうごいているのではなかろうか。立春とともにもう水が温みだしているように感じる。

鉢の草々は、今朝の雪のなかでは硬くちぢこまってみえたのに、日がでてくるとほっとひらいたようになって、色もあざやかさを増したようだ。昼過ぎからは風はあまりなく、レンゲソウもハコベもほとんどうごかないが、イネ科のひょろ長いのはときおり先のほうがひょろひょろ振れるようにうごく。

うごくとかうごかぬとかいっても、それはひとの目にそうみえるだけの話で、草木のほうでは風のないときも微かにうごいており、あまりに微かなのでひとにはわからないのかもしれない。触ってみればしっかり手ごたえがあるのに、どれもみなやわらかで初々しい。

古蘆の動くともなし水温む　　松本たかし

付記　これを書いてからまた急に西高東低の寒さがぶりかえしたりしたが、全体としてはやはり季節がずれているようで、亀千代（わが家に来て三十余年の陸亀、実年齢不詳、いまだに掌大）は、例年より一ト月早く、一昨日の二月九日に冬眠から覚めてしまった。

（「海鳴り」19号、二〇〇七年六月一日）

一月十四日のこと

日誌には一月十四日とあるので、これは一月十四日のことである。

里道を歩いていたら藪にウグイスがいて、「ジッ、ジッ」と笹鳴きをしていた。一度だけ「ホーホケキョ」が混じったようになり、「ジケキョケ」というような鳴き方をした。

「ホーホケキョ」と囀るにはまだ早く、しばらくそこで耳を澄ましていたが、おかしな声はそれきりで、「ジッ、ジッ」と鳴きながらどこかへ行ってしまった。

連れあいは、「ジッ、ジッ」の中に「ホーホケキョ」がうっかり洩れてしまったようでおかしいといった。

私には洩れたとは聞こえず、むしろ「ジッ、ジッ」がいつかの間裏返ったところに「ホーホケキョ」がサッとすがたを現わしてまたサッと消えていったように聞こえた。表には「ジッ、ジッ」、裏には「ホーホケキョ」と刷られたテープのようなものが、何かのまちがいでよじれてまたすぐ元通りになったように感じたのである。

これは去年の年明けのことだが、去年というのはそう記録してあるからわかるだけのことで、記録がなければいつの一月十四日であるのかじきわからなくなる。また、その日はほかに何をしたのか、日誌にはウグイスのおかしな声としかないのでわからない。

（「海鳴り」20号、二〇〇八年六月一日）

生き生きとした停滞

　何かを夢みることが人間にゆるされているなら、何を夢みるだろうか。

　どこかで拾い集めてきた枝を日のあたるところにかため置き、日が陰ればそれをまた日のあたるところへ置きなおしている子どもは、何がおもしろくてそうするのだろうか。この子はまた、枝のひとつを食卓の上にのせ、指でへりの方へ押してはくり返し落下させる。指でそろそろと押されてくる枝は、あるところまでは食卓の上にあるが、そこをすぎれば忽然と落ちる。それを食卓へもどしてまたそろそろ押す。
　枝を置きなおすにしても、落下させるにしても、ひとつのことをくり返してそれがどこへも発展してゆかないかぎり、子どもはそのふるまいの中に停まっているように見える。しかし停まってはいても、そこから出たがることなしにその枠の中でくり返し夢中になっているのなら、それは仕方なしに停まるのとはちがって、そこに生き生きと停まっているように見える。
　この子が大きくなり、川が流れたり草木が揺れたりするのをながめるとき、そしてそのようなもののうごきを不思議に思い、そこに居合わせているだけでいつまでも飽きないならば、かつて枝ひとつで飽きずにあそんでいた夢のような日々を思い起こすだろうか。人間は夢を食べて生きているのではない——と大人びて考えることがあるとしても。

　春に種を播き、秋に収穫し、冬をへてふたたび春になれば種播くひとは、夢を食べて生きているのではない。しかし、仮にこのひとが一生を里山の小さな地所に停まり、季節のめぐりという枠の中で播種と収穫をくり返して暮らすものとしてみよう。多くを求めず、地所をひろげることもなく年ごとにおなじことをくり返すばかりでいて、にもかかわらずその人生に静かに満ちているものがあるならば、それは枝であそんだり、川や草木をながめていたりするのと同様、ひとつの枠の中で生き生きと生きているように思える。もっとも、それは仮にそのようなひとがいたらの話であって、現実の話ではない。

現実の人間は欲に苦しむ。より多く、より速くというように、ひとつの枠からべつの枠へより欲を満たすところを求めて。欲なしでは人間は滅びるが、その欲もまた人間を滅ぼすだろうか。

そうかもしれない。しかし、人間があるひとつの枠内に停まり、それでいて生き生きしているすがたもまたしばしば観察できる。将棋を指すひとは、縦九つ横九つの升目にくわえて「もう一列升目があれば勝てるのに」と思うかもしれない。思ったとして、実際そのように升目がくわえられたとしても、それはじぶんばかりか対局者にも等しくチャンスを与えることになるだろう。それに何よりも、升目がいまのような数と並びに落ち着いたのは、「もう一列あれば」という欲がすでに長い年月にわたり試されてきて、もうこれ以上欲ばっても局面が複雑になって詰まらないだけのことだという知恵がはたらいてきたからではなかろうか。石蹴りや隠れんぼといったあそびが、土地によるちがいをもちながらもそれぞれおよそひとつの形にまとまってあり、そうなるまでには幾世代にもわたる子どもの知恵がもちよられてきてのことであるように。それは、古典がこの世にあることの知恵に通じると思う。

先日山道を歩いていたら、キジバトの子が一羽でいて、近づいても逃げなかった。近づきすぎるとその分遠のいて、そこらを歩くか道ばたの草の実を啄むかしていた。両の手をお椀にすれば掬いとれるくらいに小さく、まだやわらかそうな全体が透き通るようだったが、羽は生えていて、じき下の谷へ飛んでいってしまった。

いったいこの子はどのような枠の中で生きているのか、それは進化においてさまざまな局面をへていまはそのように落ち着いているようでいて、これからまたべつの局面をへてべつの枠に移り変わってゆくだろうか。

子どもがいつしか石蹴りや隠れんぼに飽きるように、枝であそぶ子もいつかは飽きてべつのあそびを見つける。枝で何かを作りはじめたり、手持ちの枝で足りなければより多くを求めてさがしに出たり、さらには木を伐り、山をひらくことを覚えるかもしれない。生き生きとした停滞ということを考えるとき、それはひとつの枠の中に停まってくり返し何かをし、そこで十分満たされていることである一方、枠もまた、ひとつの枠からべつの枠へ移りうごいてゆくことの中にあるように思える。ひとつに飽きればつぎはどの枠へうごいてゆくものか、そのうごきを促しているのは知恵だろうか欲だろうか。

より多くを求めて将棋の升目をさらに一列くわえることが愚かだとしても、人間は定められた升目の中で、やはりより多くの駒の指し方を考え、技をより深めようとする。それを愚かだとはだれもいわない。

しかし、人間は将棋だけでは食べてゆけない。食べてゆくためには、将棋という枠の中に停まり、そこで足りているというよろこびがべつのものに、たとえば貨幣に交換されねばならない。将棋が売りものにならないのなら、それにかわる何かほかのものを売らねばならないだろう。春に種播くひとも、世を捨てたのでないかぎり、貨幣なしの暮らしはできないのではないだろうか。世を捨てたふりはできても捨てることはできない。世のほうで捨てておいてはくれず、このひとのわずかな地所でさえ税を免れない。

この文章をここまで書き、休み休み書いたのでずいぶん日がたってしまった。

書きはじめたころ、たまたま通りかかった近所の家の門に箱が掛けてあり、何かの用紙が入れてあるのを見つけた。「脱原発を実現し、自然エネルギー中心の社会を求める全国署名」とあるので、二、三枚もらってきた。

これは、Aの実現はBを求めることなしにありえないという切迫した要求である。自然エネルギーを求めるのは知恵か欲かというような問いに道草をしていては、この要求にいつまでもこたえられない。しかしもし仮に、知恵も欲もひとつおなじもののべつの現われであるとして、自然エネルギーという枠を求める欲が、原子エネルギーという枠を求める欲とおなじ根から出ているとするならば——。この仮定はおそろしい。しかし、自然エネルギーを求める欲を——知恵を——そのような仮定のもとに見つめておくのでなければ、われわれが「故郷《ふるさと》」とよぶところの山川草木はいつの日かふたたび失われてゆくにちがいない。

今日の夕刊に、ある店のことを紹介する記事が小さく出ていた。この店は大阪本町でほぼ百年にわたりアイスモナカを売っていて、三代目の主人によると昔から「何一つ」変わっていないと書いてある。短い文脈から推すかぎり、「何一つ」変わらないとは素材や製法、商売の姿勢が「何一つ」変わらないと読める。

このような店がほかにもあるとして、そしてそれらがこの国ばかりか、世界のいたるところの町々で商売を営んでいる様を思いえがいてみると、この世に小さな灯が一つまた一つとともってゆく心地がする。夢というものは、目覚めていてもそこに一つまた一つとつつましく湧きでているものだろうか。

しかし、たとえそれらの店が「何一つ」変わらず、長年にわたっておなじことをくり返し、ひとつの枠の中で生き生きと商いを営みつづけてきたのだとしても、その営みが去年よりも今年、今年よりも来年というようにより多くの利を求める社会の枠内で起きているのなら、やはりより多くの利を求めざるを得ないだろうか。あるいはほどほどに求めてそれで足りて、それでいて「何一つ」変わらないということがあるだろうか。ほどほどに求めるのなら、どこまでを求めてそれで足りるとするのだろうか。

それは人間の幸福の問題だから、答えをだすにはずいぶん苦しまねばならない。だとすれば、これはもはや夢ではなく、現実の話であろう。

付記　福島第一原発事故発生から十一カ月を数えて。文中の夕刊は二〇一二年二月七日付朝日新聞。「ゼー六」という店のことが紹介されている。

（「海鳴り」24号、二〇一二年六月一日）

写生について　詩に志す友へ

なぜ今頃写生であるのか——そう問われてみれば、俳句と短歌において写生がいわれて百年を過ぎているにもかかわらず、わたしたちの志す非定型詩がそこを一度もへずして今に至っているのはたしかにおかしなことかもしれません。しかしこの問いについては、今頃になってようやく、あるいは今だからこそというよりは、むしろ、今も昔も人間はものを写しとらざるをえずに来たのではないかと答えてみたいと思います。人間の宿命である記憶はといえば、何かが心になぞられて写しとられていなければそれは記憶とならないだろうし、赤ちゃんが母親を真似てふるまおうとしたり発語しようとしたりするときの真似にしても、それはまるで何かをそのままなぞって写しとるふるまいの、初々しい原型のようではないでしょうか。写生は、人間がじぶんをめぐるものと関係をむすぶのに不可欠な領域に根づいているように思います。

しかし、写生とは何かとあらためて問われれば、答えがたいものを感じます。小さいころから図画の時間などですでに十分なじみあることであるのに。絵によるにしろことばによるにしろ、写生とはものごとをありのままに写すことだ——といってはみても、では「ありのままに」とはどういうことなのか。

これは、「存在とは何か」と問うことに似ています。この問いは「存在とは何であるか」という問いであるとともに、「存在とは〜である」という答えを前提としているので、これを問うひとは、じぶんの問うている「存在」すなわち「ある」とは何であるのか、その答えをすでにわれ知らずつかんでいるにちがいありません。問われていてその答えをさがしもとめられている当の「存在」がすでに問いのなかであたりまえに使いこなされているというのは、なんと奇妙なことでしょうか。木陰にすわって遠くの何かを写生するひとも、写生の何であるかをつかんでいるはずです。なぜなら、写生について正確に述べることはできなくても、すでにそこにいて写生をしているのだから。写生をする子どもに何をしているのかと問えば、写生をしていると答えます。

「草花の一枝を枕元に置いて、それを正直に写生して居ると、造化の秘密が段々分つて来るやうな気がする」(正岡子規「病牀六尺」)。

ここにはふたつのことが書かれています。

一つは、「正直に」。「正直に」とは、ながめられている一枝がそのながめられているすがたの「ありのままに」写生されることだと思います。

二つめは、写生をするうちに造化の秘密が「段々」わかってくる——したがって、「ありのままに」写生されているものははじめから完成したすがたで目の前に与えられているのではなく、造化の秘密が「段々」とわかり、それとともにそのつどあらたに一枝がながめられることによって、「ありのままに」写生されるすがたもまた「段々」と変化するものとしてとらえられるということです。

これらふたつを基礎として、次のように問うてみましょう。造化の秘密という目に見えないものが「段々」とわかり、それが画の深みとしてそこに「段々」とくわえられてゆくのだとして、では、できあがった画にはその本来目に見えないものが目に見えるかたちでつけくわえられているのだろうか。ちがうと思います。写生であるかぎり、それは誰の目にも見えるものを描かなければならないはずだから。草花の一枝が誰の目にもAというすがたとして見えるならば、写生はそのAを素材としてそこからAとはべつのBやCへと元のすがたを変容させてゆくのではなく、「段々」とわかってくる目に見えないものに促されることによって、Aがまさに当のAへと「段々」と変容してゆくことこそを行うのではないでしょうか。AがAとして「ありのままに」写生されるということには、そのような特殊な変容があずかっていると思います。

子規が素朴に書いていることを高浜虚子もまた簡素な筋道をたてて書いているので、非定型詩における詩作の——写生の——実際についてかんがえる前に立ち寄っておきましょう。ここでは写生を実践するうえでの三つの段階が示されており、便宜上それぞれに番号をつけておきます。

花なり鳥なりを写生するということは、まずはじぶんの「心」とはあまり関係なしに、

(1)「それを写し取るというだけの事」

なのですが、それをくり返しているうちにその花や鳥とじぶんの「心」が親しくなってきて、

(2)「心が動くがままにその花や鳥も動き、心の感ずるままにその花や鳥も感ずる」。

そしてそれがさらに一歩進めば、

(3)「また客観写生に戻る」

と書いてあります（「俳句」）。

はじめはもののすがたかたちを写しとるのに精一杯で、「心」がその写しとりの作業にかかわる余裕もなく、(1)のようにただ写しとるだけにすぎません。仮にそのとき知覚されているもののすがたをAとすれば、(2)ではそのすがたに連想や想像や想起などの「心」のはたらきが作用することによってAが変容し、それらはたらきの影響がそのまま目に見えるかたちで表われてくることになります。あるひとには「真直ぐに」写されるものが、べつのひとには「いびつに」写されるというように。

それをさらに一歩進めて(3)まで歩いてみるとしましょう。するとここには「また客観写生に戻る」とあるので、虚子のいう「客観写生」とは、詰まるところ、ふりだしである(1)のすがたAに至りつくことだとわかります。(1)のAから歩きはじめて(2)をへて(3)に至るが、そこにはふたたびAが現われているのだから、それはあたかもAにいながらにしてようやくAにたどり着くかのようではないでしょうか。写生のこのようなあり方を同語反復性と呼んでもよいし、AがみずからそうであるところのAを指し示すのだから、自己言及性と呼んでもよいでしょう。さきの子規のところでは、Aがまさに当のAへと変化してゆく特殊な変容について書きましたが、同じことがここでも起きていると思います。

同語反復や自己言及といっても、(3)のAは(1)のAと同じでありつつ、(2)をへているかぎりにおいてそれとは異なるので、ここでの同語反復や自己言及は「A＝Aであると同時にA≠Aである」という「即非の論理」（鈴木

大拙）に通じるあり方をしています。

階段をのぼってゆくとはじめの一段目にもどってくるエッシャーの不可能図は、上昇と下降が同時発生している奇妙な絵で、ながめているとこの絵は想像力にうったえてくるというよりは、じぶんもまた上昇と下降の同時発生のなかを歩いている感じになり、ながめることが身のうごきでもあるような特殊な体験をすることができます。これはふつう写生画とはいわれていませんが、Aからのぼりはじめてべつの地点に至りながら、そのべつの地点とはAだというのだから、構造としては写生のあり方をしていると思います。

また、死をくぐりぬけるほどの出来事から生還したひとは、花ひとつを見てもそれがしばしば以前とは異なる見え方がすると聞いたことがあります。誰が見ても以前と変わりのない花であるのに。同じ花がひとつの出来事の前後ではちがう花でもあるという体験は、「色即是空　空即是色」（「般若心経」）におけるふたつの「色」が同じものでありながらも、「空」をはさんだ前後ではちがうものでありえるという体験を思わせて、これもまた「即非の論理」につながる写生のあり方をしているのではないでしょうか。

いや、そうではなく、そのような論理は人間が生きてゆくうえでのひとつの条件としてあり、それが写生をふくめての様々な様態として現われているといったほうが正しいかもしれません。そのようなひろがりのなかで写生という現象をとらえたいと思います。シュルレアリスムと写生の合致さえあってもよいというように。現実ではAのすがたをしているものが、夢ではBやCに変容したとして、しかしそのBやCを描くのではなく、それらをへてふたたびそれが夢のなかでAに変容したときの、そのすがたをもしも現実において描くことができたなら、それは何を描いたことになるのでしょう。それははじめのすがたAと同じでありながらも、BやCをへているかぎりではちがう見え方をしているにちがいありません。いくら目をこすってもやはりAのすがたにしか見えないのだとしても。虚子になぞらえて書けば、

(1)現実におけるすがたA
(2)夢におけるすがたBとC

(3)夢におけるすがたA

の流れがあり、仮にもし(1)を目のあたりにしながら(3)を描くことができたなら、それは夢を描いたのでしょうか、現実を描いたのでしょうか。「夢と現実という、一見まったく相容れない二つの状態が、一種の絶対的現実、言うなれば超現実のなかで溶け合う日がいつか訪れるものとわたくしは信じている」（アンドレ・ブルトン／生田耕作訳「超現実主義宣言」）という文における「超現実」は、まるで虚子の(3)における「客観写生」のようです。

　ところで、詩の実作においていざ写生を試みるならば、実際どのような問題にゆきあたるでしょうか。AがAとして知覚体験されるといういわば極度のミニマリズムを実践するには、様々な問題のなかでもまずはその要であるところの、Aという体験をAという体験として「ありのままに記述する」とはどういうことか、それが問われねばならないと思います。そこでここでは、わたし自身の体験を素材として「ありのままに」の意外なむずかしさ、そこにひそむ倫理のようなものの一端に触れた後で、「記述」のあり方についてかんがえてみましょう。

　去年の十一月、散歩をしていて十坪ほどのよく手入れされた園にさしかかったとき、一本の木の枝先に揺れている夏蜜柑が目に入り、揺れているそれら三つの実がその日はじめて揺れているもののように感じられて、柵ごしにながめていることがありました。草木や干された洗濯物などの他の揺れているものには気がとまらずに歩いてきて、揺れているものとしてその日はじめて気がとまったのが夏蜜柑だった——というよりはむしろ、これら夏蜜柑はわたしがそれを目にする以前から揺れていたはずなのに、それを目にしたその日そのときはじめて揺れたように感じられたのだと思います。ともあれそのように見えたことが不思議にあきらかに体験されたので、その知覚体験を家にもちかえり、しばらく日を置いてから詩作を試みました。

　しかし幾日かにわたり試みるうちに、「三つ」を「二つ」に変えたいという気持ちが起きてきました。これは、詩作を「語り」や「物語り」に仕立てようと心がはたらきだしている証しに他ならず、なぜじぶんは「二つ」に変えたがるのか、それをかんがえてみることでしばらくは「二」という数のもつ物語性にあらがう作業をしました。ところが、そのような作業のなかでふたたび園をおとずれたところ、おどろいたことに実際は八つあったのです。

八つが三つに見えたということは、当初から八つが目にうつっていたものの、そのうちとりわけ三つが——全体のなかの部分が——ながめられていたために、それのみがつよく印象に残ったのかもしれません。あるいは、「三」という数がもつ物語性への指向こそがすでにその体験の当初においてわれ知らず作用していたために、八つを三つに見誤らせたのでしょうか。そのように見たいからそのように見えたというように。だとすれば、写生のあらがうべき物語性なしにはそもそも当の知覚体験も起こりえないのではないか。そのような問いもうまれます。自信に満ちた判断や証言や裁きでさえもがしばしば思い込みや偏見による誤りであるように、ものごとをありのままに誤って写生するということはありえます。

このように、「ありのままに」の問題はその初歩においてからしてむずかしく、知覚や認識の問題としてばかりか、判断したり意見を述べたり、ひいてはコミュニケーションのあり方といった日常一般、つまりは人生の問題としてのひろがりをもつので、実作においても性急に解決してはならないと思います。

次に「記述」について。夏蜜柑がいくつあったかはここでは問わず、それらがその日はじめて揺れているもののように感じられたということ——その知覚体験のみの記述を試みるとしましょう。そのように感じられたということそれ自体については、当面疑いをさしはさむことなしに。

ひとつの体験を——詩を——記述するというとき、わたしは「説明」と「描写」による記述をその主たる記述のあり方としてかんがえてはいません。たとえば、

①「枝にいくつかの夏蜜柑が揺れていたので、それを柵ごしに見ていた」

と書いてみるとして、わたしが柵ごしに夏蜜柑を見て

いたのは本当にそれらが揺れていたからなのでしょうか。後からふり返れば、たしかにそのときのふるまいをそのような理由や原因で説明できます。しかしそれは後知恵であって、柵ごしに見ていたまさにそのときは、そのような因果関係を体験していたとは思えません。気づいたときにはすでに夏蜜柑をながめていたのだから。しかし「気づいたときには……」と今書いたこともまた、後からふり返っての説明なのです。

では、夏蜜柑がその日はじめて揺れるものとして感じられたとはどのような感じなのか、それを比喩で表わすとしましょう。たとえば、ブランコに揺れながらかんがえごとをし、揺れているのを忘れるほどそのことに気をとられているとします。そして、あるときふとわれに返ってかんがえから覚めたとたんブランコの揺れに気づき、じぶんもまた揺れているのに気づいて、そこではじめて揺れるということにじかに触れたように感じたとします。揺れるという現象があたかもその日はじめてそこで生起したかのように。そのような文脈につづいて、

②「ブランコがそのときはじめて揺れるものであったように、夏蜜柑もその日はじめて揺れるものとして枝先にあった」

と書いたとすれば、この文はそのときの体験をそれなりに説明し、描写しています。しかしやはり、この体験をしたまさにそのときにわたしがそのような比喩を体験していたとは思えません。

③「その日はじめてそこで揺れると感じられたものが、以前から揺れていて柵ごしにながめられる夏蜜柑であったとき、じぶんはどこにいて、何をながめていたのだろう」

この文は、ひとつの体験を因果関係や比喩を使うことによって説明したり、描写したりしているとは思えません。仮にわたしが読者としてこの文を読むなら、わたしはこの文をたどりながら、「その日はじめてそこで揺れると感じられたもの」があり、それが「柵」ごしにながめられる「夏蜜柑」だと知ります。ついで「どこ」にいて「何」をながめていたのかと問うているくだりまで読みすすめてきて、「どこ」と「何」が指し示すものを後もどりしてさがします。すでに正しく読みとられていて

知っているはずの「柵」ごしや「夏蜜柑」をふたたび正しく知りなおそうとするかのように。にもかかわらず、これら知りなおされたばかりの「柵」ごしや「夏蜜柑」が「どこ」であり「何」であるのかが依然として文中で問われているかぎり、それはやはり「柵」ごしでも「夏蜜柑」でもなく、どこかべつのところ、何かべつのものではなかろうかというような、奇妙に矛盾した印象が残ります。この文は、読者であるわたしをすでに知っていることがらへと後もどりさせることによって、読みとりの作業そのもののなかでわたしがそれらにみずから至りつくことを——すでに知っているはずのことがらをふたたび知りなおし、それをあたかもはじめて知るかのように感じることを——このように奇妙な印象をともなって体験させる構造をしています。その一方、以前からすでに揺れていたはずの蜜柑があたかもそのときはじめて揺れるかのように感じられたという体験内容を記述しています。読みとりの構造が、その読みとられている記述内容の構造でもあるというように。

　この文は、たとえばわたしが紙に円を描いてひとに示し、その円を見るよう指示するとして、このひとが「その円をどこから見ればよいのか。それはどこから見れば円であるのか」と問うてくる奇妙さを思わせます。そのように問うときには、このひとはすでにみずからのいるところにいて、その円を見てしまっているはずだから。「存在とは何か」と問うひとが、その答えをすでにわれ知らずつかんでいるかもしれないように。

　しかしわたしがこの奇妙な問いにたいして、このひとの今いるところから見ればよいのだと答え、このひとがあらためてその場から見るならば、かれはじぶんがその円をどこから見ているのかをはじめて自覚し、そのようにしてはじめて自覚された場からのはじめての視線を紙の上へむけるにちがいありません。しかしそのようにしてはじめて見えてきたものは何かといえば、すでに見知っている円なのです。すでに見知っている円がはじめて見えてきたかぎりにおいて、それはそのときはじめてこのひとに現われた初見の円であるといえるでしょう。

　何かを体験するとは、すでに体験されているその何かを当の体験においてふたたびはじめて見いだすことである――そのような同語反復の背理が写生の体験であるとしましょう。そうであるならば、その記述のあり方は①や②にたすけられながらも、③のあり方を主として――すなわち、記述された何かを読みとるということが、すでに読みとられているはずのその何かを当の読みとりにおいてふたたびはじめて見いだすことであるというあり方を主として――成り立ちうると思います。つたない例文であるにしても、③の記述はそれによって記述される体験のあり方をしているという点で①や②とは異なり、体験を「ありのままに記述する」ひとつのあり方を示しているといえるでしょう。

子規の素朴な一文のなかに、Ａがまさに当のＡへと変容してゆく同語反復性を読みとったところからはじめて、非定型詩の写生の実際について少し書きました。ものごとをありのままに誤ってとらえることの罠についてさきに触れましたが、誤りというその判断もまた誤っているのかもしれず、そうすると写生というものは、これこそがもののすがたであるという答えには至りつくことなしに、ものごとをまずは謙虚にながめて記述し、記述してはまたながめなおすことをくり返してみるほかなく、そのような果てのないことばの運動としてあるように思えます。しかし、かえってその果てのなさゆえにこそ、ささやかな希望を見いだしたいと思うのです。人間以前からあるものごとの――自然の――そのとらえがたさのなかに停まるかぎりにおいてのよろこびや畏れとして。

（「現代詩手帖」二〇一三年九月号）

*収録に際して幾篇かを若干手直しした。

作品論・詩人論

幅と空気　貞久秀紀『空気集め』を読む

支倉隆子

おぼえにくい名前だなぁと思う。貞久秀紀。さだひさひでみち。サダヒサとヒデミチ、ファーストネームが二つ重なっているような名前。いまだにあれ貞久は姓だったか名だったかと迷うことがある。迷いついでにこれからしばらく生駒あたりの貞久ワールドに迷いこむことにしよう。以下貞久秀紀は勝手ながら単に貞久として登場する。

ここにあるのは、空気である。やわらかさと幅である。こくと余裕である。ひとである。子供らである。子供らの「組織」から抜けた大人である。「股の／見なれない木」のあたりから出てくるヘンなおじさんである。季節である。「日あたりのよい路地」である。不二家も喫茶「青空」もある町暮らしと田舎暮らしの入り交じったレトロな感じもある。本来ひとを喜こばすという意味をもつユーモアもいっぱいある。読むひとを喜ばすための策も仕掛も当然ある。「俎に白く／中折れが潰されていた」りもする。もちろんおもしろい。

そこはかとない幸福感もある。

話すたびに口を割るひとから
電話があり
体でゆくから待っていてくれという
不二家の前で
できるかぎり
体のまま待っていると
浮き沈みのはげしいひとであるのに
遮断機のむこうから
すくすく育ったままあらわれ
笑顔で近づいてくると
不二家の前で
石よりもすずやかに
口を割ったようだ

「やあ」という
単純さで
（「口語」）

『空気集め』冒頭の詩である。ここに書かれているのは「体でゆく」男と「できるかぎり体で待っている」男との体と体の待ち合わせである。スケジュールや駆け引きをいっとき忘れて「「やあ」という／単純さで」ふたりは会う。「浮き沈みのはげしいひとであるのに／遮断機のむこうから／すくすく育ったままあらわれ／笑顔で近づいてくる」ときそのひとは幸福なひとである。幸福なひと＝幸福なとき、である。至福などと嘘っぽいものではない、ここにあるのは、そこに在る幸福、である。幸福には体が多く要る。ここで言う「口語」とは文語に対するそれではなくて、知的頭語に対する身体的「口語」であろう。体温をもった「口語」である。

愛とか性とか政治とかイデオロギーとか文学とか芸術とか、私たちはテーマを生きているわけではない、テーマで生きているわけではない。私たちの大多数はたいして考えもせずいい加減に幅広く生きている。「それはふたつの極にはさまれたふわふわした幅のようなものであろうか。」と作者は後書で言っている。

生きにくさだけが強調されがちである。しかしそれに交じって生き易さがなければほとんどの人は生きていけない。生きるよろこびなどという大げさなものではない、単に、生き易さ。そして生き易さの方に当然のことながら幅も空気も多くある。その幅その空気を貞久詩は貞久語で生きる。

友も／垂らすひとも／視野からゆるやかに締めだされ
て／世界はやわらかく／春へ／閉じてゆくらしい
（「枠」）

〝やわらかく〟は『空気集め』におけるキーワードの一つである。〝やわらかい○○〟ではなくて〝やわらかく△△する〟（ちなみに『空気集め』では形容語が連用形で使用されることが多い。「飴をしゃぶりながら／父はおだやかに叱り」など）。

　貞久の詩はしかし大人しい地味な詩ではない。「「やあ」という／単純さ」では決してない。その意外性には工夫もあるし投げ槍もあり、ケレン味さえ時にはある。シュールな感じもある。つまり面白いのだ。「帽子病」「ゴム癖」「母音党」「飴鳥」といった題名や「　」内の詩行にも面白さは端的に光っている。

「おじさんは顔じゅう／文面だね」　（「グループ」）

「眉のないかぎり／きみはそよぐよ」　（「スカート」）

　題名が普通だからといって安心はできない。たとえば「柳」に柳の木は出てこない。「五人がそれぞれ／柳の吹きだすくらいの力でうたう」のを「わたしは客席でからだをひろげ／濡れたら乾きにくいのはどのひとだろうか」と「推しはかろうとしている」、ちょっとヘンなコンサート風景である。さて、

　コンサートの後、花をわたしにゆき
　たのしかったとつげるとふたりは
　柳の吹きだすくらいの力でうたう
「金閣でも焼きにゆこうや」

　この最後の一行にびっくりしてしまう。これは「柳の吹きだすくらいの力」でうたわれる歌の歌詞だろうか。それとも花をわたした「わたし」の「ふたり」への誘いの科白だろうか。或はそれともただいい加減に付けたしただけだろうか（書く側にいい加減さが全くなければ読む側は息苦しくって仕様がない）。いずれにせよ、柳の吹きだすテイドに抑えられていた何かがここで一気に無益に（詩的にといっても良い）噴き出した、と私には感じられる。

　ひと、ひと、ひと、である。「話すたびに口を割るひと」、「わたしのかわりに栓をひね」る「そのひと」、「うばゆりに吸いよせられて」きている「遠方のひと」、「素振りをしながら／空気玉をかろやかに打つひと」、「朝の

奥ふかくから／暗記のように浮かびあが」る「わたしをはじめてみるひとら」……。
《空気集め》には、父も母も叔父も兄妹もわたしも木村さんも病みあがりの友も古本キトラ文庫の有さんも出てくるが、一方で、ひと、ひと、ひと、である。

ここでやわらかく「ひと」と呼ばれているのは行きずりのひとである。行きずりのひととは一瞬であれ数時間であれお互いに名無しのままで作者と同じ空気を共有したひとである。私たちの人生の幅を埋めているのはこれらのひとでもある。貞久はこれらのひとを空気ごとつまり共有する空気の充満する時と場もろとも私たちにさしだそうとしている。雰囲気《アトモスフィア》である。貞久のそれはやわらかでユーモラスで暢気でどこかなつかしい。

それでは父とか母とか病みあがりの友とか古本キトラ文庫の有さんとかは、これらのひとよりも濃厚な何か複雑な何かを私たちに示しているだろうか。両者にはほとんど差がない、と私は考える。

ここに出てくるのは「飴をしゃぶりながら」「おだやかに叱」る父であり、濡れた折りたたみ傘を「羽のようにかわかして巻きなさい」と子に教える母である。兄が妹からいったん取りあげたグリコのおまけを自分の集めたおまけごと「鳥肌をたてながら」も「目からやわらかく／図を流して」あたえてしまうテイドの諍いであり、不景気でも「桜かぁ」と笑う有さんである。葛藤とか愛憎とか深刻な人間関係は遠ざけられている。

父も母も貞久も有さんも友もここでは行きずりのひとのように遠い。ひとの一人に過ぎない。同じ幅と空気の中にいる。

道の枝わかれするところにある／廃屋の／割れてひらいた窓にふくらみがあり／空気がやわらかく圧しだされている／ガラス片を踏みながら裏へまわり／山のほうの窓からのぞくと／家屋の闇ふかく／ふくらみのある窓がむこうへあかるく／くりぬかれてひらき／あるいてきた道の／枝わかれするところがくっきりみえる／闇をはさむふたつの窓をとおして／枝わかれからあ

かるく／ひびいてくるものを集めようとするうちに／股の／見なれない木に気づき／空気を引いているのはあれだなと／発露によろこんでいると／幼いころ／見なれない木のあたりから／気さくに跳ねてきては／子らの素性をあばこうとした／ひとのあかるい声がよみがえってくる

（「空気」）

『空気集め』の最後を飾るその名も「空気」である。想起の一例がここにある。記憶の無限の海から或る何かが浮上してくる不可思議なプロセス、空気のように捉えどころのないその微妙な動きを貞久はていねいに書き探っていく。空気集め、である。

「道の枝わかれするところにある／廃屋」の静かに息をひそめているような情景、そこで空気を動かしているもの、そこからひびいてくるものを、まさぐりまさぐりしていると、ついに記憶は「発露」する。

「見なれない木のあたりから」出てきたひととは何者か。この小さな神みたいなヘンなおじさんみたいなひとを喜びつつ恐れつつ迎え入れる幼少年というものこそ想起の最大最良のプールであろう。

「グリコ」「野宿だより」など子供を描いた作品は各々におもしろいがとりわけ「グループ」は子供の結社性をユーモラスに突いて秀抜である。

「シールを目つきと呼びなし／文房具や野球帽のおもいつくところに／目つきを貼っている甥たち」。彼らは「わたし」の手の甲にも「目つき」を貼っていき、「わたし」が「手の甲をあげてみせ」るたびに「唇に「しっ」と指をあて／からだのいろいろな所から合図を送って」くる。たしかに子供たちはこんなふうに身体で話す。

子供たちは「目つき」組に忠誠をつくすだろう。しかし大人の「わたし」は「家のものとビールを飲みながら／組織を抜けるだろう」。「組織」をかんたんに裏切るのだ。

詩人とは子供らの「組織」を忘れられないでいる種族でもある。「股の／（中略）見なれない木のあたりから／気さくに跳ねてきては／子らの素性をあばこうとし」ているのは他ならぬ大人になった貞久自身でもあるだろう。そのひとの声と同じく貞久の詩の声も「あかるい」。

詩に限らず、これまで無数の人々によって書かれてきたことはしかし氷山の一角にすぎず、まだ書かれていない広大無限の白紙があって、そこへ出てくるわ出てくるわ、言葉の、言葉による表現の探険隊が性こりもなく繰り出している。

貞久探険隊は活発に動いている。発見と収穫は多い。発見され収穫される何かは何か。捉えどころのない何かである。さしあたって役にたたない何かである。『空気集め』は一種の「余白コレクション」でもある。

貞久探険隊のリポートによって私たちは、石のように無口なひとは「話すたびに口を割る」ことを知る。僧の「寝ぐせは頭にではなく／口につ」くことを知る。ありふれた日常にも、「俎に白く／中折れが潰されていた」り、折りたたみ傘を「袋からだしてひらいてみると」「なぜ臭いのか」を「紫陽花の道をあるきながら／母に問うている」こともあるのだと知る。

いずれも貞久探険隊から私たちに届けられる、おかしかったり、ふしぎだったり、なつかしかったりする何かである。

「この世に身をおきながら、身にこの世をおいてみることはたやすいであろうか。身のなかのこの世からふわふわ漂いでるものを掬いとれたなら、どんなにおもしろいだろう。身のうちそとに空気を充満させて」と作者は後書に言う。

身のおきどころがない、のではない。あふれるほどにもあって、捉えても捉えても捉えきれないのだ。

貞久さんとはまだお会いしたことがない。会いそこねたことはある。ときたま短い便りを交わすこともある。吹けばとぶよな字で「○○線○○駅前の○○薬局の人体模型図はおもしろいですよ」などと書いてくるひとである。こちらもそんなら行ってみようかとその気になるひとである。すでに気は合っているのかも知れない。

貞久さん、生駒のひとよ。

（「詩学」一九九八年六月号）

夢からさめて、同一性に水を塗る

阿部嘉昭

二〇〇八年ごろだったとおもうが、畏友・廿楽順治が貞久秀紀の「梅雨」（『昼のふくらみ』所収）をミクシィに転記打ち紹介をしてから、一挙に貞久詩のとりこになった。それまで詩壇のつくる「現代詩の主流」に眼をうばわれていて、貞久詩のような本質的な財宝が伏在しているいることを不明にして知らなかったのだ。一挙に貞久の詩集を蒐め、さらに畏れをふかくしていった。その記念となる「梅雨」をまずはていねいに俎上にのせてみよう。

縦
横
奥ゆきのいずれかをえらびなさい
　夢のなかでいわれて縦とこたえた
めざめても縦がひとすじ
挿入
されているのだった

縦のあるからだで横になって
雨にたっぷりつかる
田
をみている

水はあふれているのだった

縦からあおく

「縦」「横」「田」の漢字一字で改行がなされている点に顕著なように叙法はかぎりなく簡潔だ。それでも誰からだされた問いなのか明示されない（とやがてわかる）第一聯の内容の奇妙さによって、しずかな衝撃が尾をひく。貞久的な問いは返答不能性とかかわりがある。たとえば本書九四頁、『明示と暗示』中「演習」にも次の問いがあった。《「この括弧内の文には何が書かれてあるか、それを説明してみよ」》。「梅雨」の第一聯では、「縦」「横」「奥ゆき」は空間の構成要素として計量時はともかく、人間の眼前では不分離のはずだが、それを分離せよという理不尽な命法がここでまかりとおり、さらに不合理にも詩の主体が「縦」をえらんでしまう。くわえて夢からさめた身体にひとすじの縦の貫流を刻印されることになる。その「縦」の実質が線なのかひかりなのかわからず、ことば「縦」のままである点（つまり神秘体験ではない点）こそがこの詩篇の脅威なのだった。原理的なことばこそが身体を、ひいては身体の知覚する眺望を織りあげる、言語中心主義的な倒錯が全体を伏流している。

読み手は補足的に詩の提示している空間を想像＝創造することになる。梅雨どき障子をあけはなって、庭先の雨にけぶってのびている「田」を、のびだした稲をひたしている田水を、さらにはその水の一面へ直角にふってくる雨を付帯的に視る。身体に縦が刻まれた以上、それに同調する眺望でも縦の要素が「あおく」強化される。その強化は「あふれ」としてとらえられ、最終的に詩篇タイトル「梅雨」の、肌へもたらす感触がひろがってくる。表面上は、それ以外に詩篇の意味がない。詩篇にはなんの意味の隠匿もなく、すべてが「明示」されている。

だが、ふと気づく。「田」の字そのものが、どの四方からみても姿をかえず、それじたいが回転幻想をふくむ点で、一度目の眺望と二度目の眺望を「同一性」であやうくつなぐ「ネッカーの立方体」（貞久の詩論書『雲の行方』四八頁参照）だったのだと。この詩篇では条件づけられた縦－横の交錯のなかに、「田」の字が回転しているのではないか。となると、そこにニーチェ的にして日本的な「意味」がにじみだすことになる――「循環の抒情」がそれだった。なにもはらむことのないはずの「表面」が、「即非の論理」（本書一二七頁）をよびこんで「ゆれる」、このことに詩の読み手がやがて驚愕するのだ。「循環の抒情」という点では外して語ることのできない詩篇「夢」がおなじ『昼のふくらみ』にある。詳しくは本書五六頁を参照していただきたいが、「夢」のなかのふたしかな身体実感を動力にして、「身めぐり」と「身のうち」が脱論理的ななりゆきで一致させられてしまう。直喩の符牒「ように」が、この詩篇では同一性どうしの接着ではなく、即非のズレ（＝換喩原理）をもたらしていて、貞久の日本語は簡明なのに独自だ。「梅雨」同様ここでも「夢」の作用力は現実の身体へおよぶ。身めぐりと身のうちの同致は、身のうちへ菊のみだれ咲く秋野をあふれさせる。詩篇は一読、抒情美を余韻させるが、「ふたしかなもの」のうつくしさがこの世ぜんたいへの畏怖につうじていると気づく過程すら後続するのだ。

それでも「うちがわ」「そとがわ」の位相学的な回転可能性は、貞久的な認識のリズムをつくる。たとえば『石はどこから人であるか』中「帽子」の以下のくだり――《帽子には中と外があり／中はせまく／外は／無限大に広かった／せまいほうに頭を入れ／おとなしくしている人がいる／それから無限大に／広いところへ入れたなら／さっぱりと、気持ちのよいことでしょう／と／頭をぬきとり／帽子の外をかぶっている人がいる。》。位相学ではドーナツとコーヒーカップがおなじかたちだが、たぶん貞久的な認識ではすべての同異の基準が輪っかのなかにある空気を見定めるか否かにかかっている。空気は可視的で、それが内‐外を幸福に混和するのだ。『明示と暗示』中「空気をながめて」――《空気をながめているときのものの感じられ方は、石ころがちではあるが草がところどころあかるく開き示された道にしゃがみ、あるとき空気をながめていて、それを外からながめているとも、内からながめているとも感じられる。》（全文）。「外からながめる」視線は「場」にたいしては「内」向的だという逆説に留意する必要がある。

貞久詩の主体は、認識も行動も奇妙と映る。歩きながらいわばシャドウ・バッティングをする動作は、やはり空気型の貞久詩にふさわしく、「空気から」「空気玉を」「くりぬき」「打つ」と表現される（『空気集め』中「空気玉」）。虚構とふれあいながら、そのふれあいによって身体が実質化するこうした経緯はアフォーダンス的だが、記述形式がたとえば身体の反応側からではなく空気側からだというのが貞久の奇矯性だろう。そうして通常性から逆転された記述が、刻々の読解に抵抗圧をつくり、しかも世界認識の再帰性に新鮮さまでふきこんでくる。

それでは「水塗り」という職能的な動作はなにを意味するのか。『昼のふくらみ』中「水塗り」全篇――

水塗り
をしていきてゆくことを
水ぬるむこころにかんがえた
昼のベンチにもたれていると
花でくらすひとらが
道をふみにじることなく
いたるところからあゆみきて
花をさかせようとしていた
この世をうすく
ぬらしてくらしを立てる
そんなひとはいたるところにいるものです
水塗りをするひとからきいたことを
昼の
あかるみにいてかんがえているとわたしも
花のひとらも
ひとみな
水塗り
をしていきているとおもわれた
水ぬるむこころの
やわらかなこの世に

空気がやわらかくなりだした春の事物に、刷毛かなにかで、春のぬくみをたたえた水を「塗り」、歓喜の到来をうながす職能者（「わたし」もその一員になろうとしている）があたかも実在するようだ。復活神にも似たいとなみがくわだてられているらしいが、「花でくらすひと」との境界が詩中で意図的にあいまいにされている。ただし「水塗り」を生計にするひとは、水を塗ってもそれが即座に乾くのだから、いとなみの痕跡をはっきりとのこさない。この世に気配としているだけ――そうなって水塗りの生の「うすさ」と乞食の類縁性も意識されてくる。そうした移動生活のうすさがここではうつくしく、「うすさ」が最終行で「やわらかさ」へ転位する変化も魔術的に結果されてゆく。それにしても、「この世」ということばの、ふくみ多い同調促進力はどうだろう。空間を発明する貞久詩の最終局相が、「この世」のはずだ。

「この世」のはかないうつくしさはおなじ詩集に所収された「桜」にもゆきわたっているが、本書「散文」篇に収められた、ジャンル分類不能の文「道」にも、この世の臨界が確定できない（しかも道の選択に有限性が刻まれてしまう）諦念につつましい認知がやどっていて、初見だったので驚愕した。全文を引こう——《道は妙なものに思える。初めてひとりで歩きだしたときから今ここに足があるところまで、足跡をつなげればどれほどの道のりになるだろう。複雑に歩かれた道でも、それが途切れなくあるかぎりは一筆書きで描けてしまう。この世の道を歩いてどこかを通りすぎることはあっても、この世そのものをすぎることはない。この世という大枠の中でどこかを通りすぎるとき、何をすぎているのだろう。》。

「道程」にまつわる高村光太郎の意気軒昂から、どれほど径庭があるのか計測されるべきだろう。その道についての原理的物質的把握ならば、『明示と暗示』中「トタンは錆びて」に「明示法」で書かれている。とおくまでのびる道が、どのような眺めの変転を経て歩きに実体化されるかが幸福感をともなってつかまれているのだ。《あぜ道とともにあるこの道をたのしくゆけば、先へゆくほど幅をせばめながら、ゆけばかならずおなじ道幅であるかのよう。》。遠近法がとうぜん介在しているが、身体を「容れる」道の、本質的な同一性も示唆されている。「この世」にもどれば、おなじ詩集の「ことばの庭」に「この世」のもっとも単純な組成がしるされている。詳しくは本書八六－八七頁を参照されたいが、三人の顔見知りの立ち話にまじろうとする「わたし」にとって三人が「本人らと寸分違わずにいて」、かれらの発語が「話しおえてもなお口がうごいているとみえる」同質性の延長にあり、そこにこそぬくみをみている点に注意が要る。

さて先に引いた「トタンは錆びて」の部分の、ちかさからとおさへの踏破は、遠近の位相転換的な点滅という、貞久的な魔術をもひきおこす。『明示と暗示』中「薄にそいながら」——《ここにある薄は、道にそいながらふれてくるほど親しくつづき、ここではゆれているとみえず、遠くあのあたりではゆれている。／／しばらくここにいて、ゆれずにいるとみえるこの薄は、このままおなじ道をあるけば身近にいたりつくあの薄が、いまも目にみえて／／遠くそこかぎりでゆれているように、ながめていればゆれており、ここからは、おしなべてこの薄とあの薄でゆれる。》。一面の薄原で、「ここ」からとおい薄がゆれている点が明示されているが、間近の薄は第三段落ではたしてゆれているのか。同語が連続する錯綜的な文脈をほぐしてゆくと、哲学的に不思議な認識があらわれる。「おしなべて」の一語が驚異だ。くだいていうと、間近の薄はゆれていまいと、とおくの薄がゆれている反照をうけて、実質的にゆれているというのが貞久の見解なのだった。巨大な同質性のるつぼにはいって、差異が意味的にきえながら、じつは感覚内には遠近が残存しているという、茫漠とした連続空間。ここでは踏破の媒質が、歩きではなく視線の送りになって、それでこそ詩の主体が薄につつまれつくす。薄の季語性が原理的に、同語反復によって分解されているのもすごい。それは先に引例した「水塗り」中の「水ぬるむ」の域を超えている。貞久は俳句性を展開により原理へと分解する。

それにしてもなぜ「ゆれる」うごきがこれほど「明示法」を語りだした貞久にとって特権的なのだろうか。あらためて『明示と暗示』のエピグラフをみよう——《ある文によって暗示されることがらがすでにその文に明示されている——そのような文があるだろうか。ゆれている枝によってよびおこされるものが、ほかでもないそのゆれている枝であるように。》。枝がなにかを暗示しているようにおもわれるのは、ゆれのうごきにたとえば招きや警鐘や歎きなどを汲む人間の擬人化能力にその理由があるとして、じつはゆれはゆれているもの自体の物質的条件を変成しない。それでもゆれているものは、ゆれていないものとちがう——それが感覚の変更できない真理なのではないか。この意味でいうと、「ゆれ」とは世界が同一性「において」変転している生の証の徴候なのだ。これが「夢からさめて」事物に「水を塗り」、しかもその痕跡がすぐきえてしまう貞久的行為の作用力であり、確固たる身体をもたないことで、たとえばたかみに足場を組む大工を見やる姿勢をつうじ、見上げるすがたを組みあげられてしまう貞久的身体（『リアル日和』中「遠近法会話」）の、「ここからここへ」の、ゼロ変転の距離をもあらわしている。「ゆれ」は同一物のうえの異なる細部を異なりとして組み立てながら、その同一性を完成させる存在論＝認識論までつくりあげる。同致できない存在論と時間論とが並立されうるのは、空間にすでに時間がふくまれているためだ。『明示と暗示』中「日の移ろい」全文を以下にみよう。

ともにゆれているいくつかの枝が、そのいくつかに分かれて風にうごき、うごきにあわせてゆれるあたりには、葉をしげらせたどの枝にも日があたり、どの枝についていて、

まだ枯れない葉にも、そこからそこまでがこの木であるところで乾いた陰日なたをつくり、いまもこの世にあまねくひろがる日が、そこでは葉の数に分かれておのおのゆれうごく。

幸福と戦慄とを分離できない光景といえるだろう。とくに読解が遅滞するのは、連続しているべき連体節が行替えによって分断され錯視におちいった気にさせるためだ。世界の表情の多彩さは細部相反性、時間進展性の相互をふくむ。それが「写生」をつうじて認識順＝語順の等号性によって捕獲されている。もちろん貞久が私淑する、江代充の『梢にて』あたりの叙法が創造的に拡張されている。ところで読解の遅滞は、たんに了解の困難ではなく、読解にかならず空間化がともなう点からも生じる。それで直観的な発語の自動性と無縁だという認知が生起し、詩篇と真剣にむきあうまなざしができる。

それでは同語反復的な詩の音韻性を、どう把握すべきなのだろうか。ここで、同語をくりかえしながら、文脈の折れによって同語の同語性が別次元へ変転してゆくような、虚の厚みを詩の本懐とした石原吉郎を対照に置いてみよう。石原の著名な詩篇、「花であること」(全篇)

——《花であることでしか／拮抗できない外部というものが／なければならぬ／花へおしかぶさる重みを／花のかたちのまま／おしかえす／そのとき花であることは／もはや　ひとつの宣言である／ひとつの花でしか／ありえぬ日々をこえて／花でしかついにありえぬために／花の周辺は的確にめざめ／花の輪廓は／鋼鉄のようでなけ

ればならぬ》。たとえばこの短詩では「花」がつごう八回登場する。同語は呪文性となって、音韻に円滑な調子をつくり、同時にリズム的な結節をもたらしているのも見てのとおりだ。ただしこの詩法を駆使した最晩年の石原は、構文上の断言癖をさらに癒着させて展開の予測容易性を病みはじめ、同語使用によるこの詩法をついに形骸化させていったとおもう。いっぽうの貞久は五感の得たもののみを書きつけるつつましさのなかにあって、みてのとおり断言を駆使しない。つまり貞久の同語法の肌理のこまかさは、断言の排除に拠っていて、この点がひいては認識を定番性から外す微細をみちびいているのだった。同時に余韻の感触も、「この世」の「有限性の無限」へのびてゆく貞久と、必死の抒情を定着してその達成感で読者を呑む石原とではちがう。

もともと貞久詩は、初期段階から同語法を自家薬籠中にもしていた。それが「循環の抒情」をつくりあげていたのだった。西田幾多郎の「主客一如」哲学をおもわず想起してしまう第一詩集『ここからここへ』中「山」をみてみよう――《なつかしい　一本の／木をゆすると／山ひとつゆれる∥という仕組みの／ひととして　一つの／山をゆすっていた∥すると芽ぶいてゆく／季節に　やさしく／ゆすられているのは／こちらのほうだった／そういう　山の／仕組みとして》（全篇）。

さて、以上の論脈からだと、哲学詩人としての峻厳な風貌のみが貞久秀紀に意識されるかもしれない。ところがご本人は関西弁を軽妙にあやつり、しかも驚くほど筆まめなひとなのだった。飄々と身軽で、瞳は透明にかがやき、そのなかではかないほどの小顔が印象にのこる。これを定着させるべく最後に『リアル日和』「桜草」を引こう――《父母の血をひき／折りにふれて写真うつりが小さく／おや、と顔を寄せてみていると／くすんだ花に父母の相がうかび／社員旅行の記念の一枚も／浴衣のわたしに畳みこまれた父母が／フラッシュとともに／咲きこぼれそうであるのに／写真をわたされたとき／おや、と顔を寄せてしまい／丹精して育てるひとの／桜草の一ト鉢よりも／折りにふれて写真うつりが小さい》（全篇）。……貞久さんの顔がみえてくる。

（2014.10.22）

流動する運動体としての写生、ゆれる言葉

江田浩司

言葉の探究者の詩である、というのが、貞久秀紀の詩集『明示と暗示』を読んだときの印象であった。

貞久の「明示と暗示」への考察は、詩の表現に特化されるものではない。短歌や俳句においても同様の問題が胚胎されていることを示唆している。そのことに気づかされたとき、言語表現の終わりなき思考と、詩の生成の場に、批評の本質が顕現していることを否応なく感受させられる。

それは、表現の危機と至福が同様の次元に存在していることを実感させ、それら二つの要素に境界がないことを予感させる。言語表現による可能性と不可能性が、同一次元の内部で境界を無化し、言葉からの離陸が言葉への離陸であるような思考の坩堝へと導いてゆくのである。表現の着陸地点を定めることからも、時間の観念からも自由に、貞久の「明示と暗示」への思考は、無限のループを描いてゆく。

『明示と暗示』の「序」は、次のように記されている。

ある文によって暗示されることがらがすでにその文に明示されている――そのような文があるだろうか。ゆれている枝によってよびおこされるものが、ほかでもないそのゆれている枝であるように。

これは、貞久が「明示と暗示」を思考する核心に位置するものである。また、詩の実作を経て、そこに到った焦点でもあるだろう。私はこの言葉を読みながら、高浜虚子や高野素十の写生句を連想した。特に素十の俳句世界へのアナロジーが思われ、「甘草の芽のとび〳〵のひとならび」などの句を思い浮かべていたのである。

だが、貞久の詩的指向は写生の本質を詩の実作をもって考究する徹底性に貫かれており、私の連想はまったくの的外れではないにしても、そのとば口に触れたものにすぎなかった。

本書には「写生について」という写生論が収録されている。本論からは、貞久が写生を表現に不可欠な要素として、いかなる理解のもとに考究しているのかを知ることができる。言葉は穏やかながら、従来の写生論を異化する革新的な内容が展開されている。

　貞久は写生を「人間がじぶんをめぐるものと関係をむすぶのに不可欠な領域に根づいているように」思われると理解し、「客観写生」の表現に到る同語反復や自己言及は、「即非の論理」に通じるあり方を示しているのではないかと論じる。さらに「そのような論理は人間が生きてゆくうえでのひとつの条件としてあり、それが写生をふくめての様々な様態として現われているといったほうが正しいかもしれ」ないという認識に基づいて、「シュルレアリスムと写生の合致さえあってもよい」というように、「客観写生」の本質を柔軟に捉え直してゆく。

　貞久は詩の実作における写生を試みた後、次の言葉で本論を締め括っている。

ものごとをありのままに誤ってとらえることの罠についてさきに触れましたが、誤りというその判断もまた誤っているのかもしれず、そうすると写生というものは、これこそがもののすがたであるという答えには至りつくことなしに、ものごとをまずは謙虚にながめて記述し、記述してはまたながめなおすことをくり返してみるほかなく、そのような果てのないことばの運動としてあるように思えます。しかし、かえってその果てのなさゆえにこそ、ささやかな希望を見いだしたいと思うのです。人間以前からあるものごとの——自然の——そのとらえがたさのなかに停まるかぎりにおいてのよろこびや畏れとして。

　既存の写生論の中には、例えば、西田幾多郎が島木赤彦の写生に「純粋経験」との類似を感受し、写生を「物自身の有《も》つ真の生命の表現に外ならない」として、「詩において物は物自身の姿を見る」という考察を示したり、虚子の句に「物自体」の現れを見る澁澤龍彦の見解があった。どちらもカント哲学の概念に関わるものだが、そこに貞久の写生論を持ってくると、また別の様相が見えてくる。自然、あるいは物自体へのとどまることのない永久運動としての写生が見えてくるのである。静止することのない運動体としての写生、そこに貞久が希望を見いだすとき、私もまた写生への希望と可能性を願わずにはいられない。

貞久は写生を従来の概念から解放し、さらにそれを発展的に受けとめる過程で、「明示と暗示」の考察という生涯のテーマを得たのではないだろうか。考察文集『雲の行方』は、『明示と暗示』の詩作による思考をさらに押し進めたものだが、その考察の冒頭には「写生の試み」という言葉が記されている。貞久の写生に対する思考の深部に、明示と暗示の問題が否応なく生起していることを思わずにはいられない。また、この問題から目を逸らすことなく、あらゆる角度からストイックに考察する過程に、貞久の詩が生成される契機があることを想像させせられるのである。

貞久の写生認識は、「明示と暗示」を考察する原点であり、契機として、詩の創作の重要な中核にあたるものだろう。

「詩における言葉はいわば沈黙を語るためのことば、沈黙するためのことばであるといってもいいと思います」という石原吉郎の言葉に触れ、詩がすこし分かったような気分になったことがあった。だが、貞久の「明示と暗示」の考察に触れた後では、石原の言葉の理解への不備に不安になる。「沈黙を語るためのことば」と「沈黙するためのことば」は、果たして言いかえにすぎず、同様の意味を指しているのだろうか。それとも明示されている意味と、暗示されている意味の差異を考えなければならないのだろうか。これらの言葉が内在する同質性と差異性を思考し始めると、これまでは、疑問を持つこともなく読みすごしていた言葉の、別の相を覗き見ることになる。あたり前だと思っていた言葉や表現が、そうではないことに改めて気づかされ、思考の迷宮の前に立たされるのである。私は自己の認識にどこかで踏みとどまらなければならないという懼れを抱きながら、貞久の問題意識の前へと引き戻されてゆく。

貞久の「写生の考察」、「明示と暗示の思考」は、詩の創作に深く関与するだけではなく、それ自体が詩の営為でもある。私はその点に畏怖を覚え、貞久秀紀という、とても厄介で魅力的な詩人から目を離すことができない。

これはあくまでも私の印象に過ぎないが、貞久の詩は、運動体としての写生による、運動態としての言語…表現…詩の生成を成し得るものであり、日常と非日常、過去と現在、存在と非在、具体と抽象など、あらゆるものの境界を相互に行き来する言葉の流動性を内在したものではないだろうか。虚に居て実を行うことと、実に居て虚を行うことが、その境界をなくしたところに露出する言葉の世界、カオスが具体的な貌を覗かせる幻視を、そっと誘発する表現世界ではないかと思われるのである。

詩の文体に先鋭的に特出した、言葉と言葉のつながりの特殊性から、表現の過剰さが寂かに訪れ、やがてそれがやわらかな存在へと転調してゆく。私は詩に露出する明るくグロテスクな言葉の詩性に、すっかり魅せられていたのである。いや、詩の言葉のリアリティが生成される場に、直に向き合う興奮を味わっていたのだ。貞久の詩が意味の概念の枠を寂かに解いてゆくと、言葉の内部と外部の区別がなくなり、世界のすべてが流動化する。

言葉（表現）の「明示と暗示」に関する貞久の思考は、まるでクラインの壺を丁寧に確かめるかのように行われる。粘り強く誤魔化しのない批評姿勢が、詩の言葉となって表れるとき、私は「言葉の存在学」がスリリングに表出されてゆくことを感じずにはいられなかった。その驚きは、私のこれまでの読書体験からは得られることのなかったものである。貞久秀紀という詩人が、私の内部に突然現れたような衝撃を伴うものであった。私に貞久の詩を理解することができるのかどうかという卑近な次元を超え、言語表現の根元的な問題を直に突きつけられたのである。

詩を読む側の力の限界が試される。やさしい言葉から成る詩の生成に、形而上的な表現世界が拓かれ、今ここにあることの意味が問われる。私はそのような場に、否応なく向き合わされる。まるで自分の立っている世界から別の世界へと異化されるような不思議な体験を味わうのである。私は貞久の詩の世界を楽しみながら、いつも不安に駆られてしまう。安心して読み終えることのできた詩はない。そして、その不安のある限り、私はまさに貞久の詩を読んでいるのだという実感を味わうことができるのである。なんて厄介な詩だろうと思いながらも、一度《ひとたび》その言葉にとらわれてしまうと、後戻りの効かない魅惑に包まれている。今読んでいるのはまさに詩であるという感触のみが先鋭化し、私は私ならざるものへと変容してゆき、詩の生成の場に向き合うことのみが、かろうじて私の中にとどまる。

『明示と暗示』の詩篇の印象が鮮明になってゆくのは、写生の考察と併行して、表現の探求が成されているからなのだろうか。もはや、写生の考察と詩の創作が分かち難く、また、分ける必要もなく、表裏一体の存在感を示しているからなのか。『明示と暗示』以前の詩にも、写生の考察との関係が深い詩はある。いや、貞久の詩はすべて写生によって創られていると言っても誤りではないだろう。しかし、それ以上に『明示と暗示』に収録されている詩篇は、写生の考察と探求を徹頭徹尾徹底したものという点で、詩表現への覚悟が強烈に伝わる。私は初めて『明示と暗示』を読んだときの愕きを、今も忘れることができない。貞久秀紀は言葉を探究する詩人として、これからも目を離すことのできない存在であり続けることだろう。

（2014.11.12）

空気を写生する人

白井明大

数年前、京都で貞久さんにお会いしたときのこと。鴨川沿いを散歩し、川原に腰を下ろしながら、子規や虚子らの写生句について、また芭蕉の話などうかがっていました。中州には黄色い花が咲いていて、その花の咲くさまがいまも心に残っています。何か特別に珍しい花というわけではありません。ですが、そのときの光景をふっと思い出すことがあります。

道の枝わかれするところにある
廃屋の
割れてひらいた窓にふくらみがあり
空気がやわらかく圧しだされている

（「空気」）

貞久秀紀の詩に最初に出会ったのは、第三詩集『空気集め』でした。平易な言葉が連なるその詩に何が書かれているのか、けれどすぐには像を結ばず、何度かくり返し読むうちにしだいに情景が浮かびあがってきました。ああ、こんなにもささやかなできごとを、やわらかな見慣れない言葉遣いで表わす詩があるのかと、静かな驚きとともに、そのとき初めて現代詩というものに出会えた感覚が自分のなかに生まれました。

「幼いころ／見なれない木のあたりから／気さくに跳ねてきては／子らの素性をあばこうとした／ひとのあかい声がよみがえってくる」（同）

廃屋を漂う空気を見つめる詩の流れが「幼いころ」と転じて、過去の情景へ入り込んでいきます。〈子〉をひとつの手がかりとして貞久の詩を辿ってみると、いまなお幼少期の記憶や関心を手放さず、童心を抱えているかのように、〈子〉〈幼いころ〉などの語をきっかけに不思議な世界が広がる詩が見つかります（「小さな商人」、「小石の歌」など）。幼い時代そのものが描かれたり、現在と過去（もしくは〈子〉の時間）とを行き来したり、さまざまな時へ思い馳せる詩からは、しなやかな文体とも相まって、幼少期から現在まで童心と地続きになった詩人の心のなかで詩的関心が自由に発露しているのを感じさせられます。

そうした〈時〉というものに目を向けるなら、

「ここへ来たのはきのうではなく、十年も幾十年もむかしのように思えるが、それもまたきのうのことのよう。」（「木橋」）

「さきほどから空に浮かび、ひとつでうごかずに浮くちぎれ雲は、いつかどこかでみた雲のよう。∥それはいつのことかと問われたなら、こうしていま岩陰にすわりながめているのは、さきの雲からのつづきのよう。」（「ひとつでうごかずに浮く雲」）

貞久の詩において〈時〉とは、長い歳月にも瞬きほどの一瞬にも変化し、両者の間をゆれ動いては重なりもして一定ではありません。いつがいまで、いつが過去かが影絵のように形を変え、それでいて込み入った時間の流れもすんなりとひとつにしてしまえる詩を成します。

見るもの、ふれるものの何もかもが目新しい幼少期の驚きや好奇心とは、貞久にとっていまも慣れ親しんでいる心情ではないかと思わされます。大きな時間の流れと、わずかな瞬間とが等しく釣り合うのも、何事も既知とは見なさないとらわれのなさ、幼少期もいまもなく重なる心の時間を生きる詩人ならではのことに思えます。子どもがこの世界に初めて出会うときのような好奇心の賜物、それが貞久秀紀の詩の祖型ではないでしょうか。

だからこそ、第六詩集『明示と暗示』での実践や、考察文集『雲の行方』などに見られるとおり、自由詩における写生を追究しているのではと思えてきます。五官で感じとられる事物事象は驚きに満ちた詩的体験であって、それを受け取ることから詩作がはじまるという写生の姿勢とは、未知への好奇心をもって世界にふれる童心の持ち主にとってごく自然なことです。では写生が、貞久の詩においてどのような意味を持つのかを考えると、初期詩篇にすでに答えを打ち明けるような詩が見つかります。

「やわらかい草にいるわたし／やわらかい草にいるあなた／ひなたぼっこをしています∥ふたりをこころにうつしてみる／かたわらにはえている／たんぽぽの位置から」（「たんぽぽ」全文）

『ここからここへ』と題された第一詩集に収められたこの詩では、自身を見つめるもうひとつのまなざし〈たんぽぽの位置〉が登場します。その〈たんぽぽの位置〉に立って自身で自身を見つめるさまは、『ここからここへ』というタイトルとも重なります。

また、自然の位置から人間の意識を捉え返した詩は、同じたんぽぽを題材に、第四詩集『昼のふくらみ』にもあります。

「たんぽぽ／を念じたらたんぽぽがさいた／というひとがいる／（中略）／いや、／たんぽぽ／に念じられた／にすぎないのかもしれないけれど」（「念力」）

やはりこの詩も〈念じたらさく〉というひとの視点に、〈たんぽぽに念じられたにすぎない〉という自然の視点を対置させて、人と事物との関係を見つめます。貞久のこれらの詩によって示されるのは、この世とは人間の側が一方的に観察する対象ではなく、〈わたし〉も〈ひと〉もそこに含まれて、この世も人間もひとつのものである、という生命観ではないでしょうか。ただ「廃屋」を見つめ、「たんぽぽ」を見つめるだけではなく、見つめ返され、たがいがたがいに結びつくひとつながりのあり方として事物事象を受けとめる姿勢が、この詩人のものであるように思われます。

そして『明示と暗示』の序「ある文によって暗示されることがらがすでにその文に明示されている——そのような文があるだろうか。」という一節は、〈ここ〉をくり返し感受しようとする『ここからここへ』の延長線上にあるものとも受けとれます。「ゆれている枝によってよびおこされるものが、ほかでもないそのゆれている枝である」（同）とは、〈枝〉を感じ、その感じた〈枝〉に立ち返ることです。

貞久はそうした文のあり方を明示法と呼んでいますが、では「目の前に明示されているものが、そこから暗示される何かをへてようやくその明示されているものそのものであることがわかる」（「明示法について」）とき、その「何か」とは何でしょうか。それは、自我がほどける瞬間と言うことはできるでしょうか、たしかにそこに〈枝〉があるという実感に至りつく端緒としての。

ものを見ているようで見ていないことはままあります。視界に入っているのに気がついているということと、そのものを見つめ抜くこととは自ずと異なります。じっと眺め続けるうちに「暗示される何か」をへて「明示されているものそのものであることがわかる」とは、言わばあるものがそこにあると深く知覚・認識されるにつれて、写生する者の内面においても、見つめるものがくっきりと像を結び、そのものがたしかにあると受けとめられるなかで初めて生じる一致の感覚だと捉えられないでしょうか。

「このやわらかなひよこ草にふれ、うでのあるふたつの手と小さな花をつけた草が、たがいに場を変えてじかにふれあう。」(「庭」)

ふれて感じることを通して〈手〉と〈草〉はたがいの場を抜け出し、〈手〉とも〈草〉とも分かたれることなくじかにふれあいます。外の世界の事物と、内面の像とが寸分の隙もなく一致する感覚。見つめ抜くことを通じて事物が心にしみ込んできたとき、その事物が外にもあり、自分の内にもあると感じられて両者の分け目が判然としなくなり、「たがいに場を変えて」世界と内面(=自己)とがひとつになる瞬間が訪れ得る、というのが写生の境地だとしたら。その瞬間の感覚こそ、人と自然がともにあり、ともに生きた原初の状態のものではと想像します。そのとき「何か」とは人と事物が溶けあう瞬間に通じていく入り口であり、事物と人との境をほどく最初の兆候として詩的体験の要となるものではないでしょうか。

「何か」が暗示され、暗示の先にあらためて「そのもの」と出会う一致の感覚のさなかで、人は事物事象ばかりでなく自分自身もまたこの世にあるんだと実感し、いま、ここに、たしかに生きていることを感得するものかもしれません。貞久にとって写生とは、人間が自己の生を、事物や自然とともに生きながらありありと受けとめるための針路であろうと思います。

貞久秀紀の詩は、驚きや好奇心のままに問いかけをするような、自由詩における写生の実践を通じて、人間が自身の命を余すところなく感受して生きる道を指し示しているように感じます。

(2014.10.25)

現代詩文庫　213　貞久秀紀詩集

発行日・二〇一五年四月三十日
著　者・貞久秀紀
発行者・小田啓之
発行所・株式会社思潮社
〒162-0842　東京都新宿区市谷砂土原町三―十五
電話〇三（三二六七）八一五三（営業）八一四一（編集）八一四二（FAX）
印刷所・三報社印刷株式会社
製本所・三報社印刷株式会社
用　紙・王子エフテックス株式会社
ISBN978-4-7837-0991-6　C0392

現代詩文庫　新シリーズ

201 **蜂飼耳詩集**　この時代の詩を深く模索し続ける新世代の旗手の集成版。解説＝荒川洋治ほか
202 **岸田将幸詩集**　張りつめた息づかいで一行を刻む、繊細強靱な詩魂。解説＝瀬尾育生ほか
203 **中尾太一詩集**　ゼロ年代に鮮烈に登場した詩人の、今を生きる言葉たち。解説＝山嵜高裕ほか
204 **日和聡子詩集**　懐かしさと新しさと。確かな筆致で紡ぐ独創の異世界。解説＝井坂洋子ほか
205 **田原詩集**　二つの国の間に宿命を定めた中国人詩人の日本語詩集。解説＝谷川俊太郎ほか
206 **三角みづ紀詩集**　ゼロ年代以降の新たな感性を印象づけた衝撃の作品群。解説＝福間健二ほか
207 **尾花仙朔詩集**　個から普遍の詩学、その日本語の美と宇宙論的文明批評。解説＝溝口章ほか
208 **田中佐知詩集**　何物にも溶けない砂に己を重ねた詩人が希求する愛と生。解説＝國峰照子ほか
209 **続続・高橋睦郎詩集**　自由詩と定型詩の両岸を橋渡す無二の詩人、その精髄をあかす。解説＝田原
210 **続続・新川和江詩集**　八〇年代から現在までの代表作を網羅した詩人の今。インタビュー＝吉田文憲
211 **続・岩田宏詩集**　日本語つかいの名手の閃き。最後の詩集までを収める。解説＝鈴木志郎康ほか
212 **江代充詩集**　飾りのない生の起伏を巡り、書き置かれた途上の歩み。解説＝小川国夫ほか
213 **貞久秀紀詩集**　「明示法」による知覚体験の記述の試みへと至る軌跡。解説＝支倉隆子ほか